EUGÈNE DEMOLDER

Contes

d'Yperdamme

BRUXELLES

PAUL LACOMBLEZ

Éditeur

RUE DES PAROISSIENS

—

MDCCCLXLI

CONTES D'YPERDAMME

EUGÈNE DEMOLDER

Contes

d'Yperdamme

BRUXELLES

PAUL LACOMBLEZ

Éditeur

RUE DES PAROISSIENS

—

MDCCCLXLI

Le Massacre des Innocents.

CONTE ENFANTIN

A Gustave Kéfer.

Tout est lilial.

Les arbres, tantôt frileuses-brebis ton-
dues, se sont vêtus de laine immaculée.
Sous le capuchon qui les couvre on ne voit
plus les toits aux cinabres naguère fouettés
par les nuées d'hiver, et les moulins à vent
des remparts décrivent de grandes croix
innocentes et brillantes au-dessus des
escarpes couverts d'hermine.

Tout s'allume au soleil et partout des
paillettes scintillent sur la pâle et douce
harmonie que les célestes violons ont laissé

1

tomber, comme un cantique d'ange, de leurs archets câlins. Voyez les statues de la cathédrale en radieux manteaux ! Les gris féodaux des pierres du castel sont plus onctueux dans ce cadre de candeur, les bois luxueux des pignons et les cariatides en chêne des hôtels nobles s'enrichissent encore, la couronne de Sainte-Gertrude est une vraie fleur de neige au ciel bleu.

Les flocons ont cessé leur chute tout à coup, et il a fait un matin superbe. Les grandes tours sont chastes comme des glaciers — la bise éteinte laisse au loin rêver les champs blanchis sous les flûtes d'or des rayons. L'espace a la pureté de cristaux de Bohème : il est lucide et fier ainsi qu'un appel de glorieuses trompettes d'argent au-dessus des pignons qui se baignent à sa musique aiguë.

Qu'Yperdamme se réveille joyeuse à cet hosanna de jeunesse ! Elle s'illusionne à ce songe descendu vers elle sur de grands escaliers de silence. Les tourelles et les clochetons ont des gaîtés familiales de sapins de Noël, et le long des architectures se dressent de longues fleurs frileuses, ou s'accrochent aux ogives, aux corniches, aux cintres, comme des vignes pétries des lys givrés des cieux et où pendent les grappes du gel.

Les volets s'ouvrent, et la cité se mire dans sa parure neuve. A-t-on tué des cygnes au paradis? Les anges ont-ils laissé tomber les plumes de leurs ailes ?

Doucement, comme si c'était la neige qui se fût mise à chanter, les clochers d'Yperdamme ont attaché à leur grand col de pierre le grelot des angelus ; des appels convoquant aux matines ont comblé l'air de vibrantes pièces d'argent que les battants frappent au coin de l'airain et jettent aux dévots.

Bing ! Bang ! Bing ! Bang ! Les orphelines sont allées à la première messe, en troupeau vierge, vêtues de robes violettes.

Entendez-vous ? Les orgues encore dormeuses bégaient leurs premières fugues. Ah! comme tout va resplendir quand le soleil encore plus pâle qu'une hostie, brillera, lumineux ostensoir de la grand'messe blanche chantée par toute la province. Il fait angélique ; on ne voit pas de corbeaux

sur l'azur ; les maisons pensives et candides
ont l'air d'avoir reçu une absolution. On
n'entend que les cloches, les cloches, les
cloches, bing ! bang ! bing ! bang ! bing !
bang ! Elles filent au rouet des clochers les
musiques de leurs carillons, mais, entre
chaque tour de leur vibrant fuseau, écoutez
quel mystère !..... Les campanes, qui à
Pâques jettent aux enfants des œufs de
Rome, ont des sanglots, aujourd'hui. Les
sonneurs tirent-ils aux cordes comme s'ils
pendaient un larron ?... On dirait qu'elles
veulent sonner à mort ! Voyez le glas sur
la neige ! Et ce n'est pas le jour des tré-
passés. Il est inutile de pleurer dans le ciel !
Elles sanglottent, et c'est un carillon de
larmes qui pleut en taches de deuil !...
Ah ! changez de ton et que vos gorges son-
nantes ravalent ces pleurs ! Ah ! taisez vos
mystérieuses douleurs, et dans la fraîcheur
du matin donnez l'envol, autour des cam-
paniles d'aurore, à vos voix les plus argentines. Laissez flotter une idylle pascale au-
dessus des toits qui se réveillent :

C'est le matin de Saint-Nicolas qui se
lève !

Fête! Fête! Fête!

Le grand saint est venu visiter les âtres!

Voilà l'alleluia des marionnettes descendues par les cheminées et luisantes comme des pommes de joie!

Les poupées assises près des bruns pains d'épices et des couques aux beurres opulents, vont se lever, dirait-on, sur leurs pieds de bois et faire, au milieu du mobilier riant des friandises, des révérences aux marmots qui regardent avec des yeux dilatés, pareils à des pervenches épanouies à une flambée de soleil. Des sabots d'or sont pleins de dragées; les grillons des bonheurs enfantins chantent dans les âtres.

Toute la matinée, la joie n'a cessé d'éparpiller sur le tapis de neige les fleurs vives de ses rires, de ses jouets, de ses frimousses roses et de ses atours endimanchés. Le long des murs, enchantés ce jour comme les parois enluminées de boîtes à joujoux, c'étaient des processions d'enfants aux boucles soyeuses, chargés de bibelots, et qui étaient aussi ingénus que le ciel souriant à leur fête et arborant d'immenses bannières d'azur et de clarté. On eût pensé

que les arbustes d'un ancien printemps
avaient repris une vie magique pour venir
donner à l'hiver une vivante et fraternelle
parure. Tout s'était rajeuni : la très vieille
cathédrale avait caché sous le fard des
nuées froides les rides noircies de ses
ogives ; elle faisait flotter, le long de ses
cintres édentés, des guirlandes de bannières
aux couleurs blanches et jaunes — et les
terribles gargouilles se montraient ave-
nantes sous le givre. Quand on passait dans
les rues, les portes ouvertes, avec le tic-tac
clair de grandes horloges dans la sonorité
de corridors pavés de dalles, laissaient
s'échapper des odeurs de cuisine festivale,
et l'on entendait des cris de plaisir, des
crin-crin de crécelles, des sonneries de
trompettes enfantines, et de pauvres marmots chantaient aux seuils des hôtels
riches, faisant ronfler des rommel-pot,
et recevant de blanches pièces en leurs
feutres tendus. Les étals des marchands
resplendissaient de bombance : des oies
dodues attendant la broche, des poulets
aux crêtes sanguines, de fastueux faisans
avec, encore, l'incendie aux yeux d'or de

leur plumage qui éclaboussait de son faste
royal les lourds perdreaux et les bécassines
mélancoliques, mettaient aux fenêtres et
aux portes des boutiques de giboyeux holo-
caustes. Et, chez d'autres, des fruits précieux, venus d'Orient, faisaient resplendir
la succulente trésorerie de leurs pulpes de
vermeil ou d'écarlate.

Dans la matinée, après les offices où les
enfants de chœur entonnèrent, de leurs
voix plus fraîches que des souffles embau-
més d'aubépine, les louanges de saint
Nicolas, les gens d'Yperdamme, leurs
dévotions accomplies, allèrent, le long du
canal, voir les patineurs. La glace se cui-
vrait aux éclats du soleil montant; au loin,
les villages voisins s'éparpillaient sous la
neige, et des gens costumés pour la fête
décrivaient de grandes courbes, une jambe
levée, historiant le miroir d'hiver, allongé
le long d'ormes tout blancs, de leurs atti-
tudes élégantes ou comiques et de leurs
gestes bariolés. Et puis, comme le beffroi
rappelait la fuite de l'heure en ce ciel rapide
de joie, et que le grand air du gel avait
creusé dans les estomacs une fosse peu

lugubre aux délicats morceaux des festins qui se préparaient, les habitants de la ville rentrèrent en leurs huis.

Les rues s'apaisèrent, et les cheminées fumèrent au-dessus des toits silencieux.

* *
*

En ce moment des sonneries de trompettes éclatèrent soudain aux quatre coins de la cité.

Dans la plupart des maisons venait de commencer le repas du midi. On avait récité le benedicite, et les enfants, par les cheminées où flambaient des bûches claires, avaient chanté des grâces à leur saint patronal. Les premiers plats posaient sur les tables, et à presque toutes les nappes, de grands Saint-Nicolas en sucre et en massepain ajoutaient leur friande sucrerie. Chez les plus pauvres, des pappes au riz doraient les assiettes d'étain et des boudins blancs criaient sur le gril.

Les portes s'ouvrirent, des figures parurent aux fenêtres. Ce n'était pas le jour de la cavalcade ! Pourquoi ces sons de trompettes? Et certains se rappelèrent avec effroi l'étrange mélancolie des cloches, au matin.

Une nouvelle se répandit à travers la ville : les portes sont gardées par desgen s d'arme! Et il passa au-dessus du beffroi une nuée de corbeaux poussant des cris noirs et qui s'éloignèrent à gauche, du côté de Veurne.

Des figures effrayantes de guerriers débouchèrent sur la Grand'Place.

D'abord, des trompettes à figure d'ivrognes, la moustache rousse et le nez rougi, avec l'air hilare de leurs feutres à plumes flétries rejetés sur la nuque ou campés sur l'oreille.

Suivait un vieillard, chevauchant une monture couleur de lait, et revêtu d'une longue robe noire. Il portait sur la poitrine une barbe, y cachant mal l'agneau de la Toison d'or pendu à son col par une chaîne précieuse : un mauvais sourire scellait ses lèvres de justicier. A ses côtés un élégant seigneur en pourpoint de soie, joli comme un cœur, et entouré de plumes et de rubans ainsi qu'un jeune rosier paré de roses, faisait caracoler son cheval pie.

S'avançait derrière eux un groupe de cavaliers en casaques d'un riche vermillon, des épées à larges poignées au côté, des poudrières et des gourdes à l'épaule.

Mais le gros de la cavalerie se formait de guerriers en puissantes armures, bardés d'acier luisant au soleil, la lance au poing ; chaque escadron laissait flotter un drapeau où l'on voyait un aigle impérial.

Et tout un peuple de bourreaux et d'horribles valets avait en même temps envahi Yperdamme. Ils étaient munis de sabres, de haches, de hallebardes, et avaient des allures d'hyènes en temps de famine. Ils étaient plus sinistres que les rôdeurs des soirs de bataille : il y avait du sang sur leurs vêtements et sur leurs mains. Quand ils entrèrent dans les rues de la cité, on raconte que la Vierge Noire, patronne miraculeuse des pêcheurs, pleura dans la cathédrale. Ils allaient par la neige comme des loups-garous dans les ténèbres ; certains, qui étaient ivres et cognaient les murailles, semblaient des diables déguisés en happe-chair et sortant d'un brutal sabbat.

Tandis que les escadrons passaient sur la Grand'Place et allaient s'arrêter dans les différents quartiers de la ville, le vieux justicier, entouré de son escorte, proclama que le Roy Hérode avait reçu à Jérusalem des sages d'Orient. Ils étaient venus pour adorer le roi des Juifs, dont ils avaient vu l'étoile en leurs pays lointains, et ils s'informaient du lieu de sa naissance. Le Roy Hérode, troublé, avait assemblé tous les principaux sacrificateurs et les scribes du peuple afin de savoir où le Christ devait naître. Quand il sut que c'était en ses États, il prit un rescrit ordonnant que, dans tout son royaume, les enfants depuis l'âge de deux ans et au-dessous seraient occis.

Mais déjà le massacre a commencé à Yperdamme. Les vautours rouges plongent, dans les nids aux fêtes chantantes, les serres d'acier de leurs glaives et de leurs piques. Partout coule bientôt du sang de chérubin. Les sabres hachent des chairs poupines; on dirait qu'ils écrasent des

roses et des lys. Les cris des mères et les
vagissements des petits sont étouffés par
d'implacables appels de trompettes. Et,
comme les brebis, par des temps d'orage,
vont se jeter sous les branches des chênes,
affolées par les éperviers de feu qui tra-
versent les nues crispées, des femmes
courent vers la cathédrale, dont les pierres
noires se chagrinent maintenant des baisers
bleus et blancs de la neige et du ciel.

Les chiens hurlent ainsi qu'aux jours de
lune venimeuse. O ! les misérables enfants !
Ils s'ébattaient près des foyers, leurs chairs
dodues chauffées à l'âtre ; d'autres tétaient
aux fleurs des seins maternels, d'autres
dormaient dans leurs berceaux sous la pro-
tection d'une sainte image. Près d'eux gi-
saient des polichinelles, encore prestigieux
de la nuit mystérieuse où saint Nicolas
descend sur la terre. Et les voilà portés au
bout du bras de varlets effroyables, comme
des coqs qu'on va égorger! De peur, ils
embrennent la neige; on les enlève ainsi
que des bottes de foin au bout de piques,
et le sol est parsemé de langes rougis et
de mignons bonnets. Des jouets semblent

veiller, sur l'hermine violée des rues, les
petits cadavres emmaillottés qui pâlissent
au froid.

En vain l'on se barricade! En vain les
volets se ferment et les maisons closes
rappellent les temps hermétiques des
pestes! Des poutres lancées par les bras de
fer des reîtres enfoncent les portes et
brisent les plus rébarbatives serrures. Les
vitres volent en éclats. La foudre pénètre
ainsi, tue, atterre, brise. Les sacrificateurs
vont droit aux toits qui abritent de nou-
veaux-nés, avec un flair de chacal : des
marques de deuil auraient-elles été dia-
boliquement infligées aux façades? Car
des sorcières ont raconté depuis qu'elles
avaient vu pendant la nuit un ange déchu
voleter par les rues et indiquer les maisons
destinées au massacre d'un signe de cabale,
visible seulement pour les serviteurs cruels
du Roy Hérode; ceux-ci pénètrent ainsi en
maître dans les demeures et font de la ville
un cimetière de séraphins.

Que les parents crient et supplient et
lèvent au ciel des mains d'épouvante! Les
lamentations se brisent aux cuirasses. Des

mères se traînent aux pieds des malfaiteurs
et leurs torses fléchissent lamentablement
sous la douleur comme des saules qu'on
abat. Elles pressent leur géniture sur leur
sein, dans leurs bras crispés, mais les
poignards vont fouiller leur giron, et, sous
leurs yeux flétris par la soudaine horreur,
on moissonne d'une faucille hâtive les
petites vies d'or et de printemps qui
saignent; elles croient voir, en ces soudards féroces, la camarde verte elle-même,
dont la main lève aujourd'hui les draps
des berceaux; elles restent, en larmes,
agenouillées, à contempler les enfançons,
pareilles à de beaux arbres poétiques, à la
sève généreuse et tendre, qu'on aurait
triqués à coups de gaules et dont les fruits
à peine mûrs, doux et vermeils, giseraient
meurtris sous les branches qui pleurent.

Voilà les femmes des pêcheurs qui se
hâtent vers le port, et leurs hommes offrent
de rudes poitrines aux lances des bouchers.
Elles courent à travers les barques avec
leurs marmots; les soldats les poursuivent,
leur enlèvent les petits : il leur semble que
c'est leur âme maternelle qu'on arrache.

Les grands vaisseaux du port eux-mêmes
sont fouillés et demain, quand le soleil
éclairera la ville veuve d'enfants, les pavillons seront à mi-mât.

Voici des nourrices qui pleurent! Des
vieillards, à tâtons sur la neige, viennent
offrir leur pauvre corps pour sauver leurs
descendants dont les yeux ont à peine eu le
temps d'entrevoir deux printemps. Les
dames nobles s'affolent par les rues, en
toilette fastueuse, leurs coiffures patri-
ciennes semées de perles éparses sur la
soie de blanches épaules. Le seigneur
élégant qui dirige le massacre s'enfuit à
leur approche sur son cheval pie. Elles
offrent en vain des coffrets emplis de
bagues, de colliers, de joyaux, qui tombent désespérés sur le sol à côté des jouets
éperdus et des chairs aux plaies purpu-
rines. Mais des femmes d'artisans sautent
sur les barbares, les mordent et les griffent,
telles des lices dont on a ravi la laitée. On
les rejette brutalement, le sein meurtri, et
elles se tordent le long des murs, roulées
sur le sol, poussant des cris aigus au ciel
qui n'entend pas et mêlant les aigres cla-

meurs du clavier brisé de leurs tendresses
aux notes du carillon qui martèle impi-
toyablement leur cœur broyé.

Car la cathédrale demeure solennelle
dans son manteau de givre, au milieu du
fléau abattu sur ses paroissiens : pourtant
on a brisé des têtes d'enfants sur ses piliers.
Elle a, peut-être, seule conscience du sacri-
fice qui s'opère. Silencieuse, avec la guir-
lande immobile de ses bannières, elle
paraît écouter quelque ordre du ciel, et le
moindre frémissement n'émeut ses orgues.

Et, sur la place, à l'ombre de ses tours
qui se projette sur la neige, les escrimes
des hallebardes, les hennissements de la
cavalerie, les casaques bariolées des soldats faisant chanter leurs vermillons, leurs
roux dorés, leurs verts pomme, variés de
lilas et de jaune, sur le linceul qui couvre
la terre, le scintillement des glaives, agités
comme des battes, les éclats des trompettes, l'allure désordonnée de la foule
aux gesticulations insolites et bizarres,
donnent à l'infanticide un air de carnaval.

En effet, des chansons d'ivrognes s'élèvent bientôt, et l'ironie bachique d'une fête

se mêle aux vociférations. On dirait un bruit de saturnale au milieu des terreurs d'un champ de bataille. Car dans les maisons riches, sous l'orgueil des cuirs de Cordoue où ils plaquent leurs mains sanglantes, les bourreaux ont achevé les flacons enjoaillés par le rubis des vins, et ils se versent des rasades en des verres à forme de tulipes. Ils avalent par larges gorgées des bitters aux parfums de colonie, de religieuses bénédictines et des kirschs royaux. Ils battent les lambris de leurs épaules ivres en suçant des grenades, des oranges ou des dattes volées sur les nappes avec quelque pièce d'argenterie aux chiffres aristocratiques. L'un d'eux a dépendu la frêle cithare d'où la main blanche d'une demoiselle tirait des accords de gavotte et il en casse les cordes sous ses doigts épais. Dans les chaudes et calmes lumières des corridors somptueux, tout imprégnés des odeurs épicées de cuisines cossues et des arômes précieux de la richesse, ce sont d'infâmes et meurtrières saoûleries éclaboussant les marbres et les chênes ouvrés, qui se souviennent des fêtes

de naguère et des paix anciennes, à cette
heure violées. On se dirait au pillage
d'Yperdamme, que les grand'mères ont vu
et sur lequel les mendiants chantent des
complaintes plus tristes encore que leurs
yeux de pitié.

Presque tous les petits enfants sont
morts. Le cimetière se hérissera de beaucoup de nouvelles croix blanches. Les
fleurs du printemps serviront toutes à des
couronnes de deuil. Et la neige paraît
noire, et sur le ciel volent de grands
oiseaux de proie. La ville est triste comme
un champ de lys fouetté par la grêle et au-
dessus duquel roulent des nuées d'orage.
Pourtant le soleil flambe, la neige res-
plendit au loin et quelques traîneaux à
grelots et à panaches glissent encore là-bas
sur les chemins. Ainsi monte parfois au-
dessus de la mer quelque formidable
nuage qui rappelle par ses vents ténébreux
et ses lumières cruelles, ceux qui assombrirent le Golgotha : aux lointains l'onde
reluit toutefois comme un banc de harengs
par les beaux jours de fraie et les châtons
des barques brillent à l'horizon. Mais sous

les plis sinistres du spectre céleste, la terreur épouvante les flots qui se heurtent,
leur blanche crinière échevelée, et qui
poussent des cris de faons poursuivis par
des loups dans la nuit.

Et le massacre est inutile ! Et le sang est
perdu ainsi que le vin de l'Eucharistie qui
s'épandrait sur les nappes d'autel. Car un
ange est apparu à saint Joseph et lui a dit :
« Lève-toi, et prends le petit enfant et sa
mère, et t'enfuis en Egypte, et reste là jusqu'à ce que je te le dise ; car Hérode cher-
chera le petit enfant pour le faire mourir. »

Mais des trompettes qui sonnent la
retraite retentissent sur la place d'Yperdamme. Lentement le vieux justicier se
dirige vers la porte de Veurne. Le cortège
se reforme et les varlets d'armée sont plus
ivres que des grives qui ont pillé un plant
de vignes : ils lavent leurs mains de péché
dans la neige. Les cavaliers se remettent en
rangs, sous les bannières flottantes, et ils
passent par les rues désertes aux fenêtres

closes. On a replacé les cadavres dans les
berceaux et allumé des chandelles bénites.
La troupe disparaît, en essuyant les lames
rougies des épées ; elle arrive bientôt dans
la plaine éclatante de blancheur, le long des
saulées aux dentelles de givre, sous les ailes
engourdies des moulins. Quelques-uns
boivent encore à des gourdes, pour se
réconforter contre. le froid. En avant, le
jeune seigneur magnifique se fait une
visière de la main pour apercevoir le clo-
cher le plus proche.

Derrière eux ils laissent un grand silence,
comme s'ils sortaient d'une ville de cata-
combes. Le carillon même, maintenant ne
sonne plus, et le cadran du beffroi s'est
arrêté à l'heure où mourut le dernier enfant. La mer s'est retirée du port et les flots
se sont cachés sous les barques ainsi que
des chiens effrayés.

Bientôt les corbeaux rouges de la nuée
des soldats s'éparpillent au loin sur la campagne.

Quelle est cette musique au ciel? Est-ce

le paradis qui accueille les innocents? De grands sons de harpes volent à travers l'azur, avec des bruissements d'ailes séraphiques. Il y a fête au-dessus de la cathédrale. Les lys bleus du firmament scintillent et font un dôme merveilleux à la cité morte.

Dans les profondeurs de l'espace, de grands anges vêtus de longues robes jaunes et roses, décrivent de lentes paraboles. C'est de leur vol harmonieux que descend ce concert. Jamais aux jours de Pâques ne tomba du jubé chœur plus suave. Et les âmes enfantines montent doucement, étonnées entre ces gardes d'honneur qui veillent aux portiques du Très Haut. Elles pénètrent dans la lumière d'ambroisie où croissent des ifs d'or et où s'étendent et fleurissent des jardins emplis de jeux mirifiques et de fontaines de cristal. C'est là qu'elles vont vivre, lumineux feux follets de ces régions sublimes, dans le parc le plus calme des domaines de Dieu, et loin de ces arcs de triomphe qui éblouissent les bienheureux, là bas, et dont l'éclat même pourrait violer leur tendre blancheur.

De ces terrasses de rêve éternel, penchés aux balcons du paradis, les Innocents consolés regardent, bien loin, Yperdamme en deuil et pareille à un nid dont un vautour vient d'arracher les oisillons. La neige scintille à l'infini sur les mondes, et la sainte Famille fuit là-bas par les villages d'hiver. Elle traverse les canaux givrés et les plaines où se dressent des peupliers de glace. Sainte Marie porte en ses bras le Bambin Adorable, mais pour que ses chairs ne frissonnent pas dans l'aigreur du froid, elle le cache sous son grand manteau. Elle est assise sur un âne, et saint Joseph marche en avant, une scie sur l'épaule, un sac plein d'outils à la main. Les villages se recueillent, et déjà la lune monte entre les saules, lanterne miraculeuse accrochée pour la fuite divine au ciel du soir.

La Pêche Miraculeuse

CONTE MYSTIQUE

A Hubert Krains.

Cette après-midi d'hiver — c'était un samedi, — toutes les barques des pêcheurs rentrèrent au port d'Yperdamme.

Au loin elles surgissaient, sous le ciel mélancolique, d'abord petites comme des mouettes; puis on distinguait leurs voiles, enflées et rondes, ainsi que des ventres pleins. Bientôt, on reconnaissait leur pavillon et leur madone bariolée, costumée en infante, juchée au gros mât, près des lanternes aveugles le jour durant. A mesure qu'elles approchaient, leur vol sur la crête des flots semblait plus rapide, et leur bond, entre les estacades, avec encore dans leur gréement le frémissement de la lutte du large, était aussi noble, dans le fracas des vagues, que l'allure héroïque des palefrois regagnant les castels, après la victoire, aux sons cuivrés des trompettes et des olifants.

Les pêcheurs, la figure cuite au hâle des soleils salins, en vareuse rouge et plantés en des bottes graissées de suif, tiraient vaillamment aux cordes tendues comme celles de grandes harpes, où chanterait la bise. La joie des quais qu'ils allaient à l'instant fouler brillait dans leurs yeux gris et clairs, pareils à ceux des oiseaux de proie, tant ils étaient fixes et lointains, et à leur joue affluait tout le sang de leur cœur. Ils poussaient des cris, agitaient leurs bonnets en loutre ou en peau de chat, et, de même que leurs barques jetaient de l'écume irisée aux poutres noires et vertes des estacades, ils éclaboussaient de la liesse de leur retour le peuple d'Yperdamme réuni au bord des bassins.

Les curieux reconnaissaient de loin les équipes, et c'étaient de grandes clameurs.

— Voilà la barque de Godfried !

— Toutes les plies ! Tous les turbots !

— Voilà la barque de Klinkaert !

— Il a été, dit-on, jusqu'aux côtes du Noordweg !

— Il fait là-bas un froid terrible : d'immenses glaçons flottent sur une mer noire.

— Voilà la barque d'Emden !

— Que de harengs ! Il vient du Zuyderzée !

— L'auberge du *Cygne* sera pleine encore bien avant dans la nuit.

La foule se pressait, frileuse. Des marchands de poissons supputaient ce que cette marée pourrait leur rapporter d'argent, et, d'un œil avide, ils scrutaient, dès leur arrivée, les charges des barques et les mâles figures des marins, du travail hardi desquels ils alimentaient leurs boutiques et leurs escarcelles. Ils se faufilaient parmi les gens, le bec aigre et inquiet, comme des corbeaux à l'allèche d'une proie, bousculant de gros buveurs de bière, qui enfonçaient avec peine leur bedaine dans le coude à coude serré. Le froid piquait. Aussi les chapeaux, les chaperons et les

bonnets protégeaient-ils jusqu'aux oreilles,
et les nez étaient rubiconds. Les dos se
bombaient sous des manteaux marrons,
rouges, vert-pomme, battant des genoux
cagneux ou des mollets massifs. Des
femmes disparaissaient en de larges mantes
noires, la tête perdue dans un capuchon,
et des servantes, en béguin blanc, passaient, les pommettes avivées à l'air, des
corbeilles au bras.

Selon une vieille coutume, on avait
arboré le long de la tour de la cathédrale,
pour fêter le retour des bateaux, une pieuse
oriflamme, d'un or déteint, où, sur une
ancre rouge, s'auréolait une Vierge miraculeuse, à la figure noire. Cette bannière
flottait au loin dans le brouillard, au-dessus
des pignons de la ville et de la fumée qui
montait des toits.

Les barques arrivaient toujours de l'horizon désolé, où quelques oiseaux tour-
noyaient au-dessus d'une mer sans soleil.
Les eaux jaunes et lourdes ruisselaient
sous les proues, soulevaient les carènes, et,
sitôt les embarcations amarrées, on en dé-
chargeait des paniers emplis de poissons,

qui mêlaient de toniques parfums aux
odeurs goudronneuses du port. On les
portait à des halles construites près des
quais et dont les façades trapues étaient
noircies par les brouillards et givrées par
les mousses.

Le crépuscule allait tomber, et par ce
samedi de décembre, la lumière avare ne
prodiguait guère ses écus aux fenêtres du
marché. Aussi alluma-t-on des falots dont
les lueurs firent voleter, sur les murs hu-
mides, de brumeuses phalènes d'or sombre
et d'écarlate. Des paquets de poissons s'ar-
gentaient sur les dalles. La foule circulait
lentement alentour, son ombre dansant à
la lueur des flammes échevelées par le vent ;
et la voix rauque des vendeurs résonnait en
crécelle dans le froid piqué par les lumières.

Soudain une autre lueur brilla sur les
flots, à l'horizon, où tombait la nuit. C'était
comme une tache d'aurore blanche. Cette
lumière surnaturelle n'était pas plus grande
qu'une barque et elle paraissait voguer

vers Yperdamme. Elle avançait vite, dépassant les équipes qui constellaient la mer. Et quelque chose de mystérieux s'annonça tout à coup : les yeux de la Vierge Noire avaient pleuré.

Cette nouvelle s'épandit à travers la foule, qui fut frappée de stupeur. Les yeux de la Vierge Noire avaient pleuré! On délaissa en hâte le marché, et les falots abandonnés fumèrent en solitude à côté de la marée. Les yeux de la Vierge Noire avaient pleuré! Les visages pâlirent et des mains déjà se tordaient. Ce furent des courses de femmes, le fardeau de leur géniture serré contre leur sein; d'autres s'affolaient, les bras levés, les mains ouvertes comme aux jours de fort tonnerre.

— Dites! Dites! Allez demander aux Ursulines qu'elles prient devant la Vierge Noire!

— Elle n'avait plus pleuré depuis l'incendie des halles!

— Sera-ce encore le massacre des innocents!

Les yeux allaient de la bannière flottant sur la cathédrale à la lueur douce et mystérieuse de la mer. Mais celle-ci, à l'approche de la côte, s'éteignit et l'on reconnut qu'elle cachait une barque du port.

— C'est la barque de Pierre et de Jacques !

Elle entra d'un élan superbe dans le chenal, ses voiles claquant.

Pierre était à l'avant, debout, dans son costume de pêcheur, la figure rayonnante, le bras levé vers une corde, avec un geste d'archange. Et derrière lui, une pêche extraordinaire luisait sur le pont comme un grand bouclier. Jacques était au gouvernail, qui laissait à l'arrière un bouillonnant sillage.

— Quelle marée ! Quelle marée ! Quelle marée !

Les ans aux grasses moissons d'or, quand les pommes rougissent dans les vergers, on voit, par des soirs qui flambent au-dessus d'Yperdamme, des chariots bondés de blés dont les ridelles craquent dans la belle vesprée. Ils vont, cahotés par les ornières, sous les noyers illuminés au couchant, vers les granges dont le chaume silencieux mélancolie le paysage. Calmes et

lents chars triomphaux, léchés avec ten-
dresse par le soleil qui les cuivre, ils rappellent de glorieux butins, ramassés à des
champs de bataille.

Ainsi la barque de Jacques et de Pierre,
quand elle s'alentit à l'entrée du port,
sembla rapporter la moisson d'une année
bénie, tant il y avait dans sa cale de paniers
regorgeant d'écailles fraîches, encore fré-
missantes, et montrant au ciel tous les bijoux ruisselants de la mer.

Comme ils entraient dans le bassin, il se
mit à neiger. On eût dit que la lueur mystique montée au ciel, retombait en flocons
silencieux sur la ville. Et le peuple se porta
au devant d'eux.

La nuit s'était posée comme un hibou au
faîte du beffroi, et il neigeait toujours à
Yperdamme.

Les rues blanchissaient lentement à travers les ténèbres, les enseignes se coiffaient
de capuchons moelleux et la sonnerie du
veilleur qui ordonna le couvre-feu du haut

de sa tour, arriva étouffée aux maisons en-
sevelies, comme si elle aussi fût tombée des
nuages.

Mais à la Corporation des pêcheurs per-
sonne ne songeait à dormir.

On s'entassait dans la grande salle écus-
sonnée aux armes des comtes de Flandre.
Pierre contait la pêche miraculeuse, et, en
écoutant cette histoire, tous avaient les yeux
sur les bûches qui brûlaient dans l'âtre, et
ils frissonnaient aux crépitements des étincelles, tandis que les flocons venaient se
fondre sur les vitres des hautes fenêtres.
Ah! ce soir, tous les ramasseurs de harengs
et les traîneurs de filets étaient venus boire
de la double bière au local de leur corporation, et ils avaient laissé leur famille in-
quiète du prodige, là-bas, dans leurs ca-
banes près des remparts. Ils étaient partis
étrangement émotionnés et avaient, en passant aux quais, jeté un regard anxieux à
leurs barques qui dormaient dans la nuit
d'hiver, et se caparaçonnaient de givre.

Ils s'étaient écartés de la chapelle de la
Vierge Noire, et aucun œil ne s'était levé
vers les vitraux en ogive de la cathédrale.

Maintenant des pintes d'étain posent sur les tables aux lourds pieds de chêne. Les deux massives lanternes en fer forgé qui descendent des poutres du plafond sont allumées. Comme aux veillées, quand les rouets parlent à l'âtre, et qu'une vieille raconte, brodant de sa voix caduque sur le ron-ron berceur, une histoire des vieilles guerres, un silence s'est fait dans l'éclat des bûches. L'armoire aux archives et aux mesures craque parfois, le balancier tictaque dans la caisse vibrante d'une horloge au cadran de faïence peinturluré d'oiseaux de paradis et Pierre continue à narrer l'aventure de la journée :

—Faites tomber les voiles, Jacques! Faites tomber les voiles! nous glissons sur le sable, criais-je. La barque, portée par les vagues, échouait lentement.

Vous savez qu'avant d'arriver aux bouches du Schelde on rencontre un bras de mer ensablé. Les dunes forment un grand amphithéâtre, tout blanc et tout nu, et les pétrels, les mouettes et les corbeaux y viennent en bandes innombrables manger les crevettes et les crabes laissés par la marée dans l'immense estuaire couvert d'algues et revêtu de mousses d'un vert étrange, qu'on ne rencontre plus ailleurs. Mais la plage y est lente et douce. Et lorsqu'on erre dans cette solitude, parmi les chardons bleus, on voit passer au large et disparaître à l'horizon tous les navires qui sortent du Schelde.

Le temps était gros et le ciel paraissait fatigué de porter de profonds nuages. L'eau amère bouillonnait autour de nous et le vent faisait au loin rouler des paquets d'écume.

Bientôt la marée laissa notre embarcation le ventre à l'air, au milieu de la plage, et par cette aigre bise, les planches aux clous de rouille de notre coque vert-de-grisée par le sel marin, se séchèrent vite, et nous nous abritâmes derrière leur muraille.

Nous étions harrassés par l'âpre lutte contre l'océan, et nos épaules étaient encore mouillées par les crachats de sa colère. Quelques plies faisaient le maigre butin de deux longs jours de pêche, et comme notre estomac geignait dans notre carcasse ainsi qu'une nichée qui attend sa pâture au mi-

lieu des branches, nous les mîmes frire à
un feu allumé sur des coquilles, et Jacques
remonta dans la barque chercher le pot à
bière.

Ah! le frileux repas! Nous regardions
les flammes, sans cesse courbées par le
vent, siffler cemme un grelotteux et brunir
avec peine les chairs de nacre des poissons,
et nous sentions au-dessus de nos têtes
passer le vertige des rafales qui se tordaient
au ciel. Il s'élevait des dunes des cris aigres
et éperdus, qui vrillaient nos os, la mer
tonnait et sa furie au loin faisait une moisson de gerbes blanches. Si le ciel parfois
s'éclairait, c'était pour montrer d'immenses
blessures de nuages de neige, qu'on eût
dit pétris de pâle terre glaise et qui avaient
été piétinés par la course échevelée des ou-
ragans.

Au loin, à l'embouchure du Schelde,
nous voyions Vlissingen. Avec ses toits de
tuiles, son enceinte d'un vert d'artère,
poussée audacieusement en avant, dans la
mer, entre le ciel et l'onde, la ville mari-
time ressemblait à une langue, toute de vie
et vibrante, dans une gueule infinie de bave

et de colère, au fumant palais de dragon, à
la salive emportée se jouant entre les estacades, les digues, les brise-lames, les
berges du fleuve, comme entre de noires
et gigantesques gencives. Elle était héroïque ; et, rouge dans le noir des nuées et
le jaune épais des flots, elle paraissait saigner à l'horizon, cruellement.

— Ah ! Jacques ! Jacques ! le malheur
s'acharne sur nous. Il ronge sous notre carène les bandes des harengs, ou ses serres
vident nos filets avant qu'ils n'arrivent à
l'air !

— Oui, Pierre.

Jacques était tout pensif.

— Mais c'est de notre métier, le malheur,
dit-il. Se faire le compagnon des bourras-
ques et des orages, vilaine existence ! et
revenir souvent, après des nuits sans âtre,
les filets vides !

Je frissonnais, les lèvres bleues, et je dis :

— Ce froid me perce jusqu'au cœur !...
Les marchands, eux, sont dans leurs boutiques, les pieds sur des réchauds !

— Je ne sais pas quel Dieu m'a fait naître
pêcheur !

Jacques reprit ses méditations.

Et je lui dis :

— Et Jacques, le froid et l'eau nous font, bien avant notre mort, devenir raides et perclus comme des arbres gelés, et les gens de la ville rient de nos os recroquevillés, qui nous font ressembler à des gargouilles tombées ! Ah ! chienne d'existence !

— Cette fatalité s'acharne surtout sur notre équipe ! Quelle sorcière a donc jeté un regard à notre barque !

— Nos filets laissent passer toute la vie de la mer entre leurs mailles.

— Pourtant, dit Jacques lentement, j'accomplis les devoirs de la religion et je me signe en passant devant les églises.

— Il pend toujours un chapelet au-dessus de notre mât.

— A la dernière tempête, j'ai donné à la Vierge Noire un petit bateau vert, auquel j'avais travaillé trois ans.

— Et voyez le grand Lorik ! Il a toujours une pêche plus riche que la vitrine d'un émailleur, et il court les gouges et se moque des saints mystères.

— Que sert-il d'être pieux ?

— L'église! Ah! ah!... Ses bénédictions ne sont pas pour les pauvres! Nous avons notre place crasseuse au portique, où on nous jette les miettes des messes.

Ces mots, dits avec colère, vibraient encore sous la carène de notre barque, lorsque nous vîmes un homme, vêtu de blanc, descendre des dunes.

C'était celui qui, depuis peu de temps, prêche dans le pays, venu on ne sait d'où, et qui va dans les prés catéchiser les pâtres et qui visite les malades.

Il s'approcha de nous, marchant avec lenteur, tout brillant sur le sable, avec une barbe qui semblait d'or pâli et de grands yeux doux. Dans sa longue tunique, ses mains sur son cœur, je l'avais déjà vu, auréolé parmi des apôtres et des martyrs, sur les murs de la cathédrale, où des peintres ont fait sa figure angélique. Mais jamais son visage ne me parut aussi suave, et je fus soudain recueilli ainsi qu'aux dimanches, quand nous allons sous le balcon du prince écouter la viole et la flûte, en regardant la mer.

Comme aux marées phosphorescentes,

les fées du Nord laissant pailleter leurs
traînes à la surface des flots, le sable, sous
ses pas, faisait de la lumière. Et il nous
sembla que le ciel bleuissait. Des dunes,
nous parvinrent les parfums avares de leurs
fleurs : le prophète amenait-il la bonne sen-
teur de la bruyère et des thyms de Knocke?
Et nous entendîmes chanter des oiseaux, à
travers le rythme gris et profond de la mer.
Ainsi, dans les bois, en temps de bise,
quand bruissent les feuillées impénétrables,
il tombe soudain dans le sentier un gazouil-
lement mystérieux, et l'on s'arrête ravi.
Cela chantait doucement, comme si le paradis eût ouvert ses cages, et pour écouter
ces voix mélodiques le vent du Nord retint
son souffle. »

Pierre se tut et un grand silence plana
sur les buveurs. Les pintes restaient à moitié pleines, les pipes s'étaient posées sur la
table et l'on entendit le sonneur corner pour
la deuxième fois le couvre-feu au-dessus
d'Yperdamme.

Il ne neigeait plus. La lune brillait
au ciel à côté de la tour de la cathédrale.

Les gargouilles et les ogives, toutes blanches, scintillaient dans la nuit.

Les pêcheurs, appelés aux fenêtres par l'argent pâle et mystérieux de ce clair de ténèbres, regardèrent la grande tour, qui leur sembla formidable dans le nocturne du firmament. Leurs figures hâlées et dures étaient émues par l'histoire de Pierre.

— Ne vous semble-t-il pas que la tour a grandi? demanda l'un d'eux.

— Le drapeau de la Vierge Noire est immobile au clair de lune, chuchota un autre.

Et comme les tours puissantes des villes reflètent toujours, à leurs larges fronts graves, les lumières et, pour ainsi dire, l'âme céleste du pays d'alentour, il leur parut que les lourds abat-son de la cathédrale participaient, dans cette nuit, aux prodiges surgis dans la contrée, depuis la venue de l'homme vêtu de lin blanc. Et ils se rapprochèrent de l'âtre, où la langue des flammes, en lêchant les bûches, disait des mots plus rassurants.

Pierre, le regard illuminé d'extase, des

inflexions insolites caressant sa parole devenue persuasive, soudain, et éloquente, reprit son conte.

« Le prophète vint à nous et dit :

— Hommes de peu de foi ! Montez dans votre barque et reprenez possession de la mer !

Le froid s'était envolé, des mollesses de printemps couraient dans nos veines, et nous restions sous le charme de ces verbes magiques, qui se déroulèrent en séraphique banderole dans l'air imprégné de senteurs.

Nous remîmes notre embarcation à flot. L'homme au lin blanc s'assit au gouvernail. Les plis de sa robe tombaient noblement jusque sur ses pieds nus. Il s'était accoudé, pensif, à l'arrière, et ses yeux se fixaient sur nous, versant à nos esprits meurtris le baume céleste de leur ineffable sympathie. Il souriait tendrement, son front d'un blanc de lys songeant sans doute à la Vierge Marie; et ce personnage mystérieux semblait si pénétré de bonté et de grâce que, dans le tabernacle de sa poitrine, certes, doit rayonner, ô l'ostensoir de vie !

un cœur fait d'or ou de vermeil. Mais un zéphyr léger enfla les voiles. Et nous partîmes sur les vagues au repos.

Les mouettes venaient voleter autour de notre mât, et je ne sais quel enchantement avait été versé dans mes yeux, mais le paysage, tantôt âpre et colère, s'était fondu en un grand calme, un calme étrange, pareil à celui qui plane sur les foules, à la messe, lors de l'élévation.

La mer s'était vêtue d'un manteau bleu et vert, qu'à peine ridaient quelques lamelles d'écume. Au loin, l'air était serein et vibrant, et le ciel donnait à l'onde, en se confondant avec elle, un suave et blanc baiser, tout le long d'un horizon sans tache.

Les côtes s'éloignèrent et les dunes devinrent d'une pâleur d'orfroi que je ne leur avais jamais vue.

Mais Vlissingen et les bouches du Schelde, surtout, me parurent, en ce moment, surnaturels.

Oh! la douce ville que c'était! Au bord de l'eau apaisée, des tourelles, toutes claires, avec des toits d'ardoises, et des clochers

blancs, qui appelaient des vols de colombes!
O cité onctueuse comme une châsse, derrière ses murailles à créneaux! Je distin-
guais très bien des personnages qui venaient
contempler la mer, en grand équipage, et
des femmes, vêtues chastement ainsi que
des saintes, processionnant le long des
remparts. Au-dessus des pignons roses, on
devinait planer des sons d'angelus, et les
maisons et les édifices étaient décorés pré-
cieusement par quelque architecte maître
aussi en l'art des orfèvres. Des bois de lauriers et de buis ornaient le pays aux alentours, des allées de roses conduisaient à des
chapelles dressées sur des prés d'un velours
caressant, et, par des sentiers que je voyais
fuir sur une pente, des seigneurs aux pour-
points de brocart devisaient, portant, chif-
frés à leur poitrine, des aigles héraldiques.

Les bateaux du port dressaient une forêt
de mâts noirs et quelques grands navires
se dirigeaient vers le chenal. Ils avaient des
voiles latines, blanches, des croix rouges
brodées dessus, et ils voguaient avec une
douce majesté. Leur poupe et leur proue
paraissaient en vieil or, et leur cargaison

était composée, sans doute, de myrrhe, d'encens et de cire. Un souffle d'un héroïsme mystique enflait leur voilure comme s'ils fussent allés vers une pieuse croisade.....

Quand la fièvre a posé ses griffes sur vos viscères et vos côtes, et que son bec de feu s'est acharné sur votre cervelle, n'est-ce pas qu'il est céleste de sentir ses veines se rafraîchir et la paix descendre dans ses chairs? On éclot à un air nouveau, et c'est comme au printemps, après un âpre hiver, quand on revoit les maisonnettes rire au soleil et le ciel de Pâques! Des caresses d'êtres invisibles, qu'on devine aussi compatissants que des anges, viennent aider les premiers mouvements de vos membres craintifs et les lys palpitants d'une béate renaissance fleurissent le parterre de votre âme.

Une joie pareille nous surprit au milieu de la mer. Quelle bénédiction pleuvait du ciel bleu! La vénielle noirceur, qui nous aigrissait sur la plage, avait fondu sous un geste de la main blanche de l'homme céleste, et nous sentions de la lumière dans nos cœurs.

La figure angélique du prophète s'auréolait d'une lueur plus sade que celle de l'aurore et son regard paraissait communier avec l'azur du firmament. Il se taisait et nous n'osions rompre ce silence. Mais tandis que nous entendions une cloche qui battait au loin, il nous dit :

— Jetez vos filets à la mer !

Les mailles plongèrent dans le cristal d'émeraude sur lequel notre barque avançait lentement. Vlissingen s'émerveillait toujours à l'horizon, et le Schelde ouvrait une embouchure frôlée de grandes lueurs suaves et claires, et bordée de castels d'or, de peupliers et de clochers : on eût dit le fleuve qui mène au paradis.

Après quelques instants, où toute cette céleste musique nous enchanta plus profondément encore, comme si des anges eussent organisé au-dessus de nos têtes un concert de harpes et de flûtes, — concert ineffable où Vlissingen mêlait sa voix d'ambre et de vermeil, et le fleuve les radieux accords de sa lumière — nous retirâmes nos filets de l'onde.

Et ce fut un somptueux festin d'écailles

ruisselantes qui apparut. Jamais, à ses fêtes, le duc de Bourgogne ne régala d'une bombance aussi mirifique. Notre pêche brillait comme un astre fait de médailles d'argent. Des raies roses, des lamproies d'ivoire, des crabes nacrés, des homards aux cuirasses d'ébène frétillaient au soudain baisement de l'air, variés d'huîtres, écrins de perles, de turbots soyeux et du sautillement pétillant des crevettes. Cela bruissait, disait la mystérieuse parole du fond de la mer, et apportait au soleil, hommage des vertes sombreurs des flots, une mêlée d'êtres aussi brillants que des rayons ou des pierres précieuses, et qui offraient leur vie agile et souple au jour tout puissant. Nous prîmes cette chair orfévrée à pleines mains, et Jacques se tenant ensuite, sans rien dire, à genoux sur le banc de bois de la barque, son bonnet de loutre serré sur sa poitrine, devant le prophète, celui-ci fit signe de jeter à nouveau les filets. Trois fois un splendide bouquet de joyaux marins émergea des flots. On eût dit que la mer nous versait en holocauste ses enfants les plus précieux, pour se racheter de son

ingratitude ancienne et de ses colères. Nous
étions saisis et ravis, comme si, au milieu
de l'hiver, sous le deuil des arbres, nous
eussions vu soudain resplendir une con-
stellation de tulipes, de roses et de résédas.
Notre embarcation s'était changée en une
trésorerie, qui voguait sous ce ciel plein de
ferveur. Un grand enthousiasme régnait
dans nos âmes. Il nous semblait que nous
venions de conquérir une chose merveil-
leuse, en ces instants de prodige ; et nous
ne savons quelles semences le prophète a
jetées dans nos cœurs, de son doux geste
blanc, car depuis lors nos oreilles entendent
toujours son verbe bienfaisant, d'une sa-
veur de miel, et un trouble profond s'épand
en nous au son des cloches.

Il descendit de la barque et marcha sur
les flots. Nous nous étions agenouillés. Le
soleil se jouait dans sa chevelure, très
longue, tombant sur ses épaules, et sa
délicate figure de prince jeune et pâle,
aux lèvres de rose matinale, se détacha
enthousiaste et fervente dans le paysage
qui parut entonner un *credo*, au mirifique jubé de son firmament et aux autels

des dunes brillantes et de la ville sur-
dorée.

Il leva le doigt vers le ciel et dit :

— Croyez et vous serez sauvés.

Alors il s'éloigna, nous laissant dans
l'extase, près de notre riche cargaison. Il
disparut au loin, pareil à un pâtre, sur les
sentiers de la mer, et sa démarche surnaturelle excitait la curiosité des mouettes qui
lui firent, dans l'air, une grande et inno-
cente couronne.

Notre barque allait d'une allure plus
rapide, lorsque soudain nous vîmes Yperdamme, par ce soir gris ; la mer s'agita à
nouveau sous notre carène, la bise s'aigrit à
nos oreilles. Mais nous avions au cœur une
chaleur qui nous faisait braver les douleurs
de nos chairs ; nous affronterions sans
plainte les noirs glaciers du Groenland : à
notre horizon brille, depuis ce midi, une
lueur de réconfort. Et nous ne savons pourquoi nous brûlent ce grand courage et cette
foi qui nous grisent et nous élèvent plus que
les spirales de l'encens et le chant de l'orgue,
ces apaiseurs des souffrances. »

Pierre avait une voix étrange et nouvelle.

Les paroles s'envolaient de ses lèvres, pures
et belles comme des colombes, et il semblait
qu'elles allassent sous le ciel des Flandres
et des Zélandes annoncer le miracle. Il avait
des gestes d'apôtre, tandis qu'il donnait
l'envol à ces fervents messagers, et les autres
pêcheurs le contemplaient avec vénération.

Un grand silence prolongea le récit. On
entendait toujours le verbe tendre de l'in-
connu calmer la tempête et faire surgir des
paysages extatiques. La mécanique de l'horloge à oiseaux de paradis grinçait, le feu
s'éteignait dans l'âtre. Le conte avait jeté sur
les pêcheurs réunis là l'angélique musique
de son symbole et la lumière des grosses
lanternes qui les éclairaient parut les caresser
de reflets plus clairs. Ils tressaillirent tous,
dans le grand calme de cette nuit mémorable, lorsque le bourdon, sonnant l'heure,
tomba, aujourd'hui plus étouffé et grandiose, sur la cité assoupie sous la neige, et
de vastes clartés luirent pour eux au ciel.

Le nocturne de Malbertus.

CONTE DE NOËL

A Georges Eekhoud·

— Allume la lampe, Ghislain. Voilà les nuées, disait Benedicta.

— Mauvaise saison! répondit Ghislain, regardant à la fenêtre de la chaumine. Mais Dieu le veut ainsi!

— De la lumière. Ce crépuscule me fait peur.

A ce moment le vieux Malbertus, couché dans son alcôve, s'écria :

— Tourne la manivelle de l'horloge et remonte les poids, Ghislain!

— Oui, père.

4

— Tourne jusqu'à ce que le volant pivote. La mécanique grince. Verses-y de l'huile, Ghislain.

— Oui, père.

— Ghislain! Ghislain! As-tu entendu l'Angelus?

— Oui, père.

— C'est la plus douce des musiques.

Et comme Ghislain avait pris dans l'armoire une lampe qu'il allumait, le vieux sonneur se dressa sur son séant, regarda par la fenêtre la mer et un couchant sinistre où des nuages s'éventraient sur un ciel de laiton, et il dit :

— Tu allumes la grosse lanterne? Le soleil plonge dans la mer. Il est vilain, ce soir. Tous les corbeaux rentreront aux abat-son. Les vois-tu, là-bas, s'élever des labourés? Ah! l'étrange couleur des mousses des gargouilles! C'est le reflet de ce mauvais couchant!

Un rayon dernier, traversant la fenêtre, couvrit d'un livide masque de lumière la figure du vieillard. Ses yeux brillaient de folie. Décharné, le nez sec, on eût dit une grande chouette, et ses mains, comme des

serres, empoignaient fiévreusement les
linges du lit.

La flamme de la lampe fit danser sur le
mur blanc l'ombre de Benedicta, et Ghislain se mit à jeter quelques bûches dans
l'âtre pour faire cuire le repas du soir.

Au dehors, le vent sifflait, la mer s'achar-
nait contre les dunes, faisant résonner sour-
dement les sables des plages, et sur l'immense gril hissé au sommet du phare
d'Yperdamme, là-bas, on s'occupait à allu-
mer des troncs d'arbres enduits de poix,
pour la sauvegarde des pêcheurs. Par
moments, la tempête en arrachait des
flammèches qui constellaient diabolique-
ment quelque vert nuage.

Bientôt dans l'âtre, des flammes léchèrent
les bûches. Un crépitement réveilla la paix
des cendres et les dents de la crémaillère
mordirent une belle lumière.

— Ah! ah! clama le fou aux éclats du
foyer. Des falots! Des falots! Est-ce déjà la
kermesse? Le temps est bien rapide! Eh!
qu'on aille à la grosse cloche, à Gertrandt!
Qu'elle annonce la fête! Sonnez fort quand
le cortège passera sous le beffroi! Je mets

une oriflamme, aussi, à mon logis! Une
oriflamme de sons de cloches! Elle flottera
plus loin que les autres, dans la nuit, jusqu'à ces phares qui brûlent sur les tours!
Mais les voilà! les voilà! Oh! les bannières
et les lances! Le capitaine Cock, avec une
ceinture orange, marche en tête, parmi les
tambours. Ils sortent du portique des halles.
Oh! la lumière! Elle danse sur la façade de
la maison des menuisiers! Ghislain! Ghislain! Cramponne-toi aux anses de fer!
Comme tout résonne! Des enfants courent
dans le cortège. Que de torches et de falots!
Les porteurs semblent des diables en feu.
Ah! Gertrandt! Chante! chante! chante!
de ta voix sonore!

— Père, ne t'anime pas! Tu auras
mal à la poitrine, père, tu cracheras du
sang!

— Oh! ma tête se brise, cria le père. Des
cloches s'y battent! Des cloches s'y battent!
Oh! le bronze sur mon crâne! Ah! satanée!
Tu as une langue d'airain et tu craches du
feu! Couleuvrine! Toutes les cloches de
Flandre martèlent mon tympan!

Il regarda fixement le foyer. Ses tempes,

perlées de sueur, se rassérénèrent soudain. Les bûches crépitaient.

— Tiens, le feu d'artifice. Je le disais : c'est la kermesse. Jaquemart, le géant, va sortir. Des dragons d'étincelles courront dans le ciel. Et l'on fera des feux de joie, des feux de joie.

Et de ses lèvres fiévreuses, Malbertus murmura une ronde de son temps, où l'on voyait les fillettes comparées aux marguerites des prairies et aux fleurs de beurre, pour la fraîcheur de leurs teints.

Mais la marmite pendue à la crémaillère chanta d'abord doucement. Puis, le bouillonnement s'accrut et bavarda tant qu'on eût cru entendre les langues des flammes. Une odeur de fèves et de lard s'épandit dans la chambre et la fumée du souper, soulevant le couvercle de la marmite, comme le parfum d'un encensoir, monta vers le crucifix de cuivre. Le ciel était devenu tout noir. Une horloge en bois de chêne, don d'un ancien évêque à son sonneur, tintait dans un coin et l'on entendait à sa tristesse qu'elle avait marqué des heures bien monotones. Mais la tempête et

la grêle fouettant les vitres couvrirent son
tic-tac. La chaumine fut secouée. Les herbes
des dunes gémirent, et, à l'horizon, l'océan
poussa des clameurs d'armée en déroute.

— Les bourdons grondent, s'écria le
vieux. Le tocsin sonne ! Voilà l'armée des
Infants ! Garnissez les bastions ! Mais sonnez donc, pour étouffer les gueules de
flammes des canons ! Je vois là-bas des
lansquenets sur les prairies ! Des hallebardes qui luisent ! L'Yser coule au milieu
d'un camp, et sur la tour de Veurne, un
pavillon nouveau flotte. Que le tocsin batte
comme le cœur d'un brave ! Les ennemis !
Les ennemis ! Des morts vont rester, les
bras en croix, sur les gazons des remparts !
Les fermes vont brûler ! Les blés vont boire
du sang ! Voilà un incendie, déjà ! Cela
flambe clair dans le ciel tout bleu. Et pourtant, il fait un soleil de chant d'alouette !
Voyez : les mouettes se mirent dans la mer !
Les voiles sont roses. Mais quels néfastes
navires ! Ils portent une couronne inconnue
à leur poupe et arborent des pavillons
bariolés !

Malbertus s'était fait une visière de la

main. Son front s'emplissait d'anxiété et ses yeux se dilataient aux visions passant dans sa cervelle.

— Les canons! Les canons! hurla-t-il.

C'étaient deux fermes coups que le vent avait frappés à la porte. Car la tempête devenait formidable. Les ténèbres de la mer prenaient leur vol, à gigantesques coups d'ailes qui frappaient les chaumières et les villes. On entendait le galop des nuées fouettées par les vents et les hurlements des flots flagellés. Oh! la paix des nuits calmes, quand au-dessus des vagues se suspend la grande Ourse, comme un lustre éternel! Aujourd'hui, l'ouragan a éteint les étoiles, et comme des âmes saisies par un grand souffle d'héroïsme, les tours de la côte luttent contre le vent du large.

— N'est-ce pas que le tocsin fait les hommes de bronze? Il jette sur les toits des cuirasses de courage! Ah! sa clameur, Ghislain, fait trembler ces reîtres à panaches rouges qui chevauchent là-bas! Les tentes se lèvent parmi les arbres! Voilà les filles qui suivent les armées! Ah! ah! Les maudites sorcières! Elles font sécher leur linge

sur les bosquets du matin! Il en est de
toutes nues! Voilà le cortège des mules
portant le bagage des Infants. Elles ont des
plumets verts et sur leur dos des couvertures ornées de couronnes. Ménagerie du
diable! Gertrandt! Ouvre ta gueule! Ta
sainte gueule! Envoie-leur tes malédic-
tions! Tu fus bénie par monseigneur de
Bruges! Car elles viendraient, les prosti-
tuées, avec des singes et des tambours,
danser sur des tapis au milieu de notre
marché, toutes nues comme Hérodiade! Et
les mules enlèveraient les trésors et la
châsse de Saint-Ildefonse! Les pillards! Ils
ont bec de fer, sous leur casque, et griffe
de vautour! Pauvres brebis! Pauvres colombes! Ne saignez pas comme les pélicans
des chasubles! Ne soyez pas massacrés
comme les Innocents! Que la furie n'enva-
hisse pas les rues! Que l'eau, en colère, ne
rompe pas les digues de l'écluse! Le beffroi
tremble. Sera-t-il éclaboussé, ainsi qu'aux
mauvais soirs de soleil rouge, par des éclats
de sang qui sauteront jusqu'à désaltérer les
gargouilles?

Et Malbertus revit, grâce à la magie de

la démence, et provoqué par les noirs car-
tels que la tempête jetait à la face de sa
chaumine, le siège de sa cité. Il avait vingt
ans, alors, et déjà il était carillonneur au
beffroi. Ce fut une cruelle époque et le
cœur de sainte Gertrude, patronne d'Yperdamme, saigna souvent au paradis. Malbertus assista à toute l'affaire, niché dans
sa vieille tour.

Le port, la mer, la ville, les remparts, les
bastions, les prairies coupées par des canaux
et des ruisseaux, les bois, tout cela s'éten-
dait, vert, gris, bleu, avec des toits rouges
et des maisons de pêcheurs, en vrai plan de
stratège, sous ses yeux. Les ennemis eurent
bientôt établi, sur terre et sur mer, un
cercle redoutable autour de la ville. On vit
alors étinceler les brassards dorés des
princes et blanchir, à travers les prés, les
haquenées des infantes et des duchesses qui
venaient assister au siège comme à un
grand tournoi. Leurs cavalcades, entre les
haies des piques de l'infanterie, à travers
les bivouacs des gens d'armes, dans les
colonnes de cavalerie dressées en murailles,
rappelaient de flambantes chasses à courre

lancées au milieu de chênaies cuivrées par le soleil ou de bruyères aux fleurs d'or. Car le pays, aux alentours, regorgeait d'hommes de guerre. Et tous jetaient des reflets de métal.

Les tentes lignées de bleu et de rose, solidement plantées et tendues, trouées au sommet afin de laisser s'échapper la fumée des feux, élevaient çà et là de petits villages, auxquels ne manquèrent même pas les boutiques : des boucheries s'installèrent, avec des bœufs saignants, le ventre ouvert ; des cabarets s'organisèrent en plein vent, où les filles se laissaient culbuter par les soldats ; et des coins de prairies ainsi envahis par des ribambelles de drilles et de catins, et par des baraques de toile, semblaient des foires en plein tapage. Malbertus entendait des roulements de timbales et de tambours dès l'aurore. Au loin, sur les routes, des carrosses soulevaient la poussière, ou des estafettes crevaient leur cheval. Parfois aussi, sur le ciel se dressait une potence, où l'on pendait quelque espion ou rôdeur de nuit.

Du côté de la mer, une flotte de grands

navires avait bloqué le port. Les voiles s'enflaient légèrement : c'était l'été et la saison se montrait propice. La majesté des poupes doucement balancées, écussonnées d'aigles et montrant, comme des mâchoires, de terribles rangées de canons, évoluait dans le brouillard bleu du matin ou sur la mer jaune et scintillante de l'après-midi. Des mousses grimpaient aux cordages, et les mouettes, avec des giries s'abattaient sur la plage, se jouant de la marée qui venait mordre les dunes.

Cette féerie resplendissait encore aux yeux de Malbertus. Elle jaillit d'autant plus radieuse à son esprit malade, que Benedicta, sa fille, avait levé le couvercle de la marmite et versé les fèves et le lard dans un grand plat de faïence, qui épandit un délicieux sentiment de bien-être dans la chambre. La tempête faisait une pause. Mais on sentait, au fond ténébreux de la nuit, qu'elle s'apprêtait à reprendre plus violemment ses musiques, et ses orchestres mystérieux s'accordaient à nouveau dans l'espace en gésine de tourmente.

La chaumière fut coite quelques instants.

Un silence s'était fait autour de ses murailles, et le tic-tac de la pendule chanta
plus clair.

— Le temps s'améliore, dit Benedicta.

Elle avait mis sur la table deux assiettes
en faïence brune à fleurs jaunes, avec des
cuillers en bois. La bonne fumée montait
maintenant aux poutres noires du plafond,
où pendait une cage à pinson.

La ménagère tira de l'armoire trois
pintes où s'inscrivaient les noms de la
famille : Malbertus, Ghislain, Benedicta.
Elles avaient des couvercles d'étain. Dans
celle de Malbertus elle versa du lait. Puis
elle souleva une trappe et descendit dans la
cave, d'où elle rapporta un pot à grosse
panse rempli de bière fraîche.

Benedicta avait les bras nus, hâlés par la
bise. Des boucles d'or pendaient à ses
oreilles, et son visage était blanc. Une
grande coiffe embéguinait sa tête et mettait
en relief l'ivoire d'une nuque appétissante.
Elle était fraîche, l'enfant des dunes, avec,
pourtant, dans ses yeux gris, une lueur de
mélancolie, peut-être un reflet de la mer
infinie, sans cesse contemplée, ou la tris-

tesse des cloches au ciel que son père avait toujours entendue.

Elle s'approcha de l'alcôve.

— Tu m'apportes mon bidon, cria Malbertus. C'est l'heure du manger. Le soleil tombe d'aplomb sur la tour. Elle n'a plus d'ombre. L'aiguille d'or du cadran est à XII.

Ses mains de spectre saisirent la pinte que portait Benedicta. La fille ramena les couvertures plus chaudement sous les jambes du fou, ces pauvres jambes noueuses et jaunes de Christ de missel, et elle fit songer à la mise au tombeau d'un vieux Jésus du temps du duc Philippe.

Entretemps, Ghislain avait posé sur le gril deux harengs-saurs, qui éclatèrent dans la lumière comme deux lambeaux de cuir de Cordoue. Si Benedicta était dodue et parfois rieuse, aux rares éclaircies de cet intérieur plus gris que la mer du Nord, Ghislain était maigre et dévot. Penché sur la rôtisserie, efflanqué et la figure rase, on eût dit plutôt, avec ses lèvres sans cesse tremblantes et ses yeux vagues, qu'il récitait des oremus devant une Vierge entourée de chandelles. Il était clerc à la cathédrale d'Yperdamme et ses doigts s'étaient recroquevillés à égrener des rosaires.

Les deux époux, silencieusement, se mirent à table, devant la platée de fèves au lard, et leur benedicité sussuré se mêla au crépitement des harengs, à la chanson vague de la cheminée, aux gémissements de la pendule et de la porte, et à tous ces bruits que fait la vie des choses dans l'angoisse de la tempête et auxquels ce murmure de prière versa comme la fugue d'un orgue dans l'inquiétude d'une nef, au soir.

Ils mangèrent et Malbertus vida sa pinte de lait.

Mais peu à peu la tempête se réveilla. Elle heurta plus violemment la chaumine. D'immenses lueurs s'ouvrirent au-dessus de la mer. Et des grondements terribles résonnèrent.

— C'est le siège qui commence, raconta Malbertus. Je vois parfaitement, derrière les gabions, la crête de feu des serpentines. Des fumées blanches montent au ciel. Donnez ma trompe! Je vais sonner aux quatre points cardinaux. Ils visent les ponts levis!

Ah! ah! Les fossés sont pleins d'eau! Les bastions sont fermes! Mais les vaisseaux de guerre aussi lancent des boulets! Ils démolissent le château de campagne du gouverneur. Une bombe est tombée dans l'étang, parmi les cygnes, dans le jardin, au milieu des charmilles où j'ai vu si souvent de belles dames jouer de la cithare! Les valets fuient! Il en est qui râlent, le nez dans les plants de tulipes! Les toits d'ardoises sont troués!... La pluie de feu atteint les remparts. C'est une grêle qui s'avance. Mais on répond d'Yperdamme! Les feux se croisent comme à une fête vénitienne! Les moulins des fortifications sont éventrés! Leurs ailes s'enflamment et craquent! Les cigognes volent au-dessus de la ville. Et pourtant le soleil est plus brillant qu'un écu de l'empereur Charles! Les lisières des bois se chauffent, là-bas, à la lumière. La mer respire doucement. Ces flammes sur le ciel, c'est le sang des innocents sur la robe de la sainte Vierge!

Ghislain et Benedicta regardaient avec inquiétude la fenêtre de leur chaumine où l'ouragan cherchait à enfoncer ses téné-

breux béliers. Parfois le vent s'engouffrait
dans la cheminée et une trombe d'étincelles se jetait jusque sur le lit de Malbertus. Le chaume n'allait-il pas flamber?
Ghislain posa un pesant couvre-feu en grès
vernis sur le foyer; puis il alla dans l'armoire prendre de l'eau bénite, et décrocha
du mur un lourd chapelet. Sa femme,
assise au chevet du vieux, fermait les yeux
à chaque secousse de la tempête et crispait
ses mains blanches sur la petite croix d'argent, achetée au pèlerinage de Hal, et qui
sanctifiait sa poitrine.

— Ils s'apprêtent à l'assaut, hurla Malbertus, levant avec souffrance ses bras dé-
charnés dans l'ombre de l'alcôve. Leurs
longues trompettes sonnent! Hallali de
détresse! Voyez les cicatrices des escarpes
et des bastions! Toute la plaine se constelle
de feux. Voilà l'instant venu de faire battre
les cloches à toute volée. Sonnez en branle!
Les hunes grincent. Le beffroi se cuirasse
d'airain.

Et Malbertus narra comment fut pris
Yperdamme.

Marchant sans peur sous la gueule infer-

nale des lourdes couleuvrines des remparts,
les reîtres ennemis, dans leurs cuirasses,
toutes armes dehors, atteignirent le bord
des fossés. Ce ne fut pas sans avoir laissé des
leurs affalés dans les prairies, mordant la
poussière de Flandre, car on était vaillant
à Yperdamme! Une claire après-midi, au-
dessus des lances dressées, versait ses
rayons qui se croisaient avec elles et en
tiraient des paillettes d'or. Tout tremblait
et ce fut comme une tempête sous un ciel
sans nuage. Les bannières flottaient, pareilles à des flammes allumées par tous ces
chocs d'airain, qui se heurtaient dans le
crépitement des fusillades et les crachats
terribles des canons. Des cadavres nageaient
dans les fossés. Une tourelle sauta en gerbe
de fumée. Mais les escadrons bardés arrivaient sans cesse au galop de lourds des-
triers. Le plomb les décimait, et l'on voyait
se traîner des soudards aux yeux agoni-
sants. Des mains se crispaient sur les selles
ou sur les gâchettes des pistolets. Des blessures constellaient de leur pourpre l'élan
furieux des cavales. Le sol était jonché
d'armes. Et les trompettes lançaient des

appels furieux à cette mort, qui faisait
pâlir les joues et abattait les reîtres de leurs
montures, bottes en l'air et le front dans la
boue.

De leur côté, les navires de guerre se
voilaient comme d'anciens dragons fabu-
leux et vomissaient de la flamme. Des mâts
émergeaient, par instants, des fumées de la
poudre, et de larges éclairs, au ras des flots
plus soyeux qu'une robe de duchesse,
ouvraient des bouches d'enfer.

Mais bientôt un drapeau ennemi flotta
sur les remparts. Était-ce la mort verte qui
l'y avait planté? Car la tuerie devint plus
sanguinaire et de plus fieffés coups de
sabres et de hallebardes arrachèrent les
âmes des corps. Le gazon des escarpes
foulé par la bataille fut gorgé de sang : les
gorges coupées lui en versaient ainsi que
des coupes généreuses. L'ivresse du combat
et la mâle odeur de poudre grisaient plus
que les rondes autour d'un chalumeau ou
que les pots à larges panses, vidés les jours
de fête à la face du soleil. Les visages ruisselaient de sueur, grimaçaient de rage, ou
soudain blêmes, les yeux blancs, se mou-

raient, pâmés et languissants, comme après
une rage d'amour. Des piques trouaient les
poitrines, des massues brisaient les casques
et des mousqueteries grêlaient une sonnante moisson de lances et de guisarmes.

La lutte fut très longue autour des remparts. Et Malbertus, comme un marin hissé
dans les hunes voit au loin le brisement des
flots sur les récifs, contempla les bataillons
se heurtant et jetant leur écume poignante
et mutilée aux donjons. Des flux et des
reflux soudains apportaient des déroutes
aux armées. Et des clameurs de rage et
d'épouvante vinrent battre le beffroi.

Cela dura jusqu'au soir. Le soleil plon-
gea tranquillement dans la mer et les dunes
s'endormirent plus douces que jamais. Les
flots s'incendièrent de lames de cuivre
rouge, et les tours, dont les bases frissonnaient d'horreur, se couvrirent de la couronne de roses que leur octroyait la vesprée.

A l'intérieur de la ville, les milices couraient à travers les rues; des femmes affolées, leur géniture serrée contre leur sein,
se réfugiaient dans la cathédrale.

On apportait des blessés aux halles et, par moments, c'étaient, entre les lignes des façades aux volets clos, des bandes de peuple qui passaient, avec des piques, des perches et des faulx.

Le soir fut éclairé par des incendies. Des massacres et des pillages épandirent dans la ville de grands frissons d'horreur, sous le bombardement des boulets rouges qui sillonnaient le ciel comme des têtards de feu.

— Il pleut des flammes, cria Malbertus. Les halles brûlent! J'entends les cris des blessés! Ah! Je sonne encore. Les ondes de ma cloche balaient les flammèches des maisons éventrées!

Ah! Gertrandt! lance au ciel nos terreurs! Tu es la cloche des morts, ce soir. Des reflets d'incendie brûlent mes mains. C'est qu'il fait terriblement clair dans tout le beffroi! Les gargouilles sont rouges! Les hunes sont rouges! Le cadran marque des heures de sang! Oh! le massacre sur la place! On égorge une femme devant les halles! Mais Gertrandt est blessée. On lui a lancé un boulet! Le bronze est troué!

Gertrandt se plaint comme un mourant! Ils veulent m'empêcher de sonner et je serai pendu ici, dans les poutres! Tenez! Un cadavre, des vers dans le nez, s'assied au carillon. Et j'entends les cloches de la nuit de Toussaint... Voilà la lune au-dessus de l'incendie. Au loin, l'Yser est d'argent. Le ciel est pur. Toutes les étoiles s'allument. Les chauves-souris quittent les poutres. Les corbeaux sont partis aussi. Ils se sont heurtés aux cheminées, dans la nuit! Mais on cogne à la porte, en bas! On cogne! Ah! je sens leurs mains sanglantes sur mes épaules! Je sens leur corde à mon cou! Ils étrangleront le sonneur! Les dénicheurs tordent la gorge aux ramiers des chênes. Les sinistres visages! Ils sont saoûls! Les filles sont avec eux! Les chiens! les chiens! Il en est qui portent les vases sacrés de la cathédrale au bout de leurs piques, ou des choses pires encore! L'enfer est sous ma tour! Et l'incendie fait danser leurs ombres maudites sur les façades de la Grand'Place! J'entends leurs pas dans l'escalier, leurs voix dans le beffroi! Ils montent!

Le fracas et les colères de la tempête se

déchaînaient avec force. Malbertus regarda
la fenêtre, tressautant aux coups de vent.
Il toussa, et sa poitrine creuse, dans la cage
de ses côtes, résonna comme une crécelle
de semaine sainte.

— Allez! hurlait-il, écartant de ses longs
bras maigres les êtres chimériques de son
alcôve. Toi, Gertrandt, avec ton bronze
blessé et ta voix rauque! Aïe! Aïe! Tu me
sonnes aux oreilles! Pas si près! Cela fait
mal! Cela fait mal! C'est comme si de noirs
démons me versaient du plomb fondu au
tympan! Mon crâne va s'ouvrir! Eilsberthe,
ton battant écussonné est plus mauvais
qu'une langue de sorcière! Ah! j'ai dans
ma cervelle des profondeurs qui tremblent
comme un fond de beffroi à l'heure du
tocsin! Je vois passer devant mon front des
gueules de bourdon dont le branle vomit
des volées d'airain! J'ai des éclats de feu
plein les yeux! Toutes les cloches de
Flandre me martèlent! Cela résonne sur
mon crâne comme sur une enclume! Et
leurs gorges frémissent, leurs battants me
défient et s'aigrettent de lumière! Les dam-
nées gouges! Elles videront mes moelles!

Haï! Roelant! Retourne à ton sommier! Elles sont ourlées de livides bandes de flammes. Des monstres les chevauchent et me regardent avec des ironies d'enfer! Mon pauvre corps tout nu sert de jouet à des diables! Je suis porté sur leurs ailes vertes, où il y a des griffes de souris. Benedicta! jette de l'eau bénite, que leurs yeux de lanternes ne me regardent plus ainsi! Je sens leurs peaux moites ou brûlantes! Et des clochettes de carillon volent et vibrent à mes côtés comme des abeilles autour d'une ruche. Elles sont méchantes! Méchantes! Des lézards me lancent des braises qui brûlent ma chair et des queues de dragons se tordent dans l'espace, jusqu'à cette lune blanche, là-bas, sous mes paupières.

Malbertus avait l'air égaré de Lazare sortant de son tombeau. Il tâtait le mur et les rideaux de son alcôve comme s'il eût frôlé de ses doigts inquiets les dalles de sa tombe.

Déjà la tempête avait fait crever ses dernières nuées, et le vent se couchait sur les grands sables des dunes. Le tic-tac de l'horloge ressuscita de l'ouragan passé, avec

les lumières des bateaux tantôt perdus
parmi les grosses houles et maintenant
brillant sur l'apaisement des flots. Ghislain
tira le couvre-feu, et les étincelles de l'âtre
brillèrent en même temps que les premières
étoiles réappparues au ciel. A Yperdamme,
une petite cloche grêle sonnait dans la
nuit. On priait, à la cathédrale, pour les
pêcheurs.

— Des sons d'alleluia descendent dans mes
veines, dit Malbertus, qui se calmait. Une
fraîcheur de nef tombe sur mes paupières.
C'est l'angelus d'argent. Je vois les barques
partir dans le matin. Il y a de la rosée,
maintenant, sur les mousses du beffroi.
Les maisons d'Yperdamme sont roses.
Entendez-vous la musique de l'aurore sur
les toits? Mais tous les chérubins se baignent dans le ciel. Il en est qui jouent de la
viole ou de la cithare. D'autres soufflent en
des flûtes. D'autres sonnent des cloches
d'or. Ce sont les mâtines de la sainte
Vierge. Voyez-vous les anges planer? Leurs
robes violettes ou blanches traînent dans
l'azur en long plis, et leurs yeux sont
les pervenches du firmament. Les anges

dansent en se donnant la main, au loin, à l'infini. Oh! les parterres vivants des jardins du Bon Dieu! La rosée est bénite et des fleurs pleuvent sur les anges!

Ainsi Malbertus exprimait la paix de la tempête qui s'éteignait. On eût juré que des flocons mystiques neigeaient à travers sa folie et mettaient aux pays ténébreux de ses songes une nappe de céleste candeur. Il y voyait de petits moulins à roue battant les rivières, des bosquets dorés comme des queues de paon, des brebis blanches, et, sur les sentiers, se promenaient des anges — tandis qu'au loin sonnaient des clochettes d'ermites. Ah! que ses nerfs, sur lesquels ne grinçait plus l'archet de l'ouragan, jouissaient de délices en cette région! Il y aperçut des saintes, sortant de donjons bien recueillis ou de chapelles, ainsi qu'il en avait souvent contemplées à grand'messe, sur les murs de la cathédrale. Elles étaient pâles et avaient la figure longue et fine. Leurs poitrines étaient plates sous leurs robes claires, et leurs tailles frêles ployaient comme les lys de saint Joseph. Elles s'avançaient le long de

charmilles fleuries de roses, sur des gazons
d'émeraude où sous des vignes chargées
de lumineux raisins. Certaines portaient,
ouvrés en or, et en pierreries, des bijoux
représentant des instruments de martyre.
Au loin, des architectures de tours et de
clochers blanchissaient au ciel serein, et
l'air était imprégné d'essence de buis et de
myrthe.

Malbertus regardait ces visions séraphiques avec des pupilles béates et douces,
où la ferveur avait versé ses mirages.

La cloche d'Yperdamme sonnait toujours, et sa plainte, dans le calme des
étoiles, semblait claire comme une nuit de
gel. Le foyer flambait doucement. Des
lumières passèrent sur la plage, dansèrent
à travers le dunes.

— Pourquoi ces lumières? dit Ghislain.

— Noël! Noël! clama Malbertus. Ces
lumières viennent à la messe de minuit.
Dans tous les coins de la ville, il s'en
allume. Elles arrivent aussi de la campagne, au loin. Il a neigé et, sous le clair
de lune, les gargouilles sont plus blanches
que des mains de fées. Ces lanternes sont

comme des étoiles. Le ciel se mire dans la neige. Et sur ces blancheurs nocturnes, les vitraux de la cathédrale ouvrent leurs rosaces scintillantes. Les orgues chantent. Je vois le tabernacle d'or entouré de chandelles. Je reconnais la voix de Ghislain au jubé. Le doyen a mis sa plus belle chasuble, qui rayonne à travers l'encens. Et devant le chœur, voilà un Jésus en cire, dans de la paille d'or. Oh! le nid divin! Les fugues de l'orgue le font plus lumineux encore, et le murmure des prières lui insuffle vie. C'est le cœur radieux et suave de la cathédrale assombrie. Quand on contemple cet enfant rose, on entend des anges frôler les voûtes des nefs, près des armoiries des seigneurs et des bannières du doyenné. Et l'on se réchauffe parmi ces lumières saintes, dans l'odeur de l'encens et du vieux bois du jubé. Demain c'est fête. Aux étals des boulangers bruniront des couques. Les oies grasses couvriront les tables. Et après grand'messe, le peuple ira, au son des cloches, se promener sur les remparts, près des moulins givrés, pour voir les patineurs.

Alors on frappa deux coups à la porte de la chaumine, et Ghislain ouvrit. Une bouffée d'air salin pénétra dans la chambre et un pêcheur parut, porteur d'une grosse lanterne en cuivre, dont la lueur éclairait sa vareuse rouge et sa figure hâlée.

— Une barque a échoué. N'auriez-vous pas des cordes ?

— Entrez ! Entrez ! dit Ghislain.

Et l'homme essoufflé, entra avec sa lanterne, portant timidement la main à son bonnet en peau de loutre ; il regarda avec inquiétude Malbertus, car on parlait beaucoup à Yperdamme, avec mystère, du vieux sonneur de cloches.

— Y a-t-il des morts ? demanda la jeune femme.

— Je ne le pense pas.

— Voulez-vous boire ? Mettez votre lanterne sur la table. Ghislain, donne vite des cordes ! Les pauvres pêcheurs ! Les pauvres pêcheurs ! Mais il n'y a pas de morts, n'est-ce pas ?

— Julien, le vaillant patron de la barque, est parmi nous et pousse de grands cris. Mauvais temps par Notre-Dame !

— Noël ! Noël ! Noël ! cria Malbertus en fixant le pêcheur. Apportez-vous des huîtres et des soles pour le repas du gouverneur ?

Ghislain réapparut avec des cordes.

— Sont-elles bonnes ?

Le pêcheur les approcha de la lumière et les palpa de sa main rude. Il fit signe : oui ! Et, les cordes mises sur son dos, il partit avec Ghislain en jetant encore un regard sur Malbertus.

Benedicta se mit à la fenêtre pour voir le naufrage. Quelques rares nuages couraient encore au ciel. Là-bas des lanternes piquaient la nuit et des ombres noires couraient sur le sable. Des falots étaient plantés sur un des brise-lames et ils éparpillaient leurs reflets sur l'eau agitée. Des lames phosphorescentes faisaient éclater leurs mystérieux argents sur le velours de la marée qui montait dans les ténèbres. A l'horizon, des lumières de barques revenant au port mettaient à l'océan des profondeurs frissonnantes et sur les phares d'Yperdamme on rallumait les feux éteints par la tempête.

— Le doux jour de Noël! Toutes les

cloches sont en fête! Tout le pays est voilé
par la neige! Il fait froid! Mais j'aime à
voir la fumée sortir des cheminées. C'est
au temps d'Hérode que Jésus naquit à
Bethléem. Par une nuit de Noël, pareille à
celle-ci. Des rondes d'enfants tournaient à
la lumière jetée par les cabarets. Et vers
minuit l'atmosphère devint d'une grande
douceur. Les plaines, où les saules pleu-
raient leur givre sur les ruisseaux gelés,
baignèrent dans la douceur de la lune.
Quelques enfants, pourtant, chantaient des
cantiques. Le Christ était né.

On frappa à la porte de la chaumine. Et
une femme de pêcheur entra, portant un
enfant sur les bras.

— Mon Dieu! Mon Dieu! C'est la femme
de Pieter de Lang! dit Benedicta. Entrez,
Lise, entrez. L'enfant est glacé. Est-ce que
la barque de Pieter a échoué? Je vais jeter
du bois dans l'âtre. Ah! ses petits pieds
sont tout froids.

La femme était pâle et maigre. Ses lèvres
tremblaient. Elle s'affala près de la cheminée, sur une chaise.

Son mari était en mer. Elle avait eu

peur, pendant cette tempête, car les sirènes des flots sont méchantes, la nuit. Elles sont possédées du diable. Mais, il fait si froid dans les dunes. Et dans l'obscurité, tout ressemble à des fantômes.

Lise était près du feu et les cendres attisées par Benedicta rougirent. Malbertus regarda la nouvelle venue et elle lui parut revêtir un éclat singulier. Les reflets du foyer sur la figure de la pêcheuse lui semblèrent divins : ses joues se vêtaient d'un fin duvet de lumière et dans ses cheveux éparpillés par la course à travers la plaine, il vit des lueurs d'auréole. Lise avait ôté l'enfant de ses langes salis et, tout nu, il chauffait au giron maternel, devant l'âtre crépitant, ses chairs poupines et gauches, avivées par la réflexion des braises. Benedicta, à genoux devant la pauvre femme, tenait dans ses paumes les pieds du bambin, pour les réchauffer ; Lise souriait en voyant rosir à nouveau les chairs froides de son fils, et celui-ci fermait les paupières à l'éclat de la cheminée, et d'une main tâtonnante cherchait un sein que sa mère tira de son corsage.

.— Sainte Vierge ! Sainte Vierge !

Et longuement Malbertus regarda la pêcheuse avec une étrange expression. Il semblait qu'un ange eût imprimé sur son
visage un lys mystique et, tandis que ses
mains maigres se joignaient, il y avait dans
ses yeux des extases d'or.

— Agenouille-toi, agenouille-toi, Benedicta, devant la mère de Dieu. Tu vois que
Jésus vient de naître. Lave-le, lave-le. O !
tendre chair de rose ! Tantôt la génisse et
l'âne viendront la réchauffer de leur ha-
leine. Car j'ai vu, au-dessus d'Yperdamme,
briller l'étoile de Noël ! Les bergers arrivent en troupes, par les dunes et les prés
salés, les pêcheurs mettent dans la nuit une
oriflamme à leurs mâts et les rois mages
viendront de Bruges, de Rome et de Jérusalem, aussi nobles que des chevaliers de
la Toison d'Or. Ils suivent l'étoile, leur
flambeau : sa queue illumine le ciel d'une
gerbe joyeuse, mille fois plus sainte que
l'hérétique croissant de la lune. Ils vont
par les villages de Noël, où les enfants
dansent autour des pins, et ils voyagent
sur des chameaux et des haquenées, et ils

portent des cassolettes en pierre précieuse où se trouve l'encens. Ils ont des escortes d'esclaves nègres, et les clochers au loin les saluent, les poules grises crient dans les poulaillers, et les cavales hennissent. Benedicta, soigne la sainte Vierge! Fais-lui du gâteau d'ange, avec du miel et du riz! Il y a des rayons divins autour de son manteau! Prions!

— Pauvre sieur Malbertus, murmura Lise.

— Oh! tantôt il se battait avec les terreurs de l'ouragan, dit Benedicta, maintenant il se calme : il va dormir.

— Prions! Ah! le divin matin, le premier matin du Seigneur. Quelle aurore chantée par tous les coqs! Ils claironnent au loin quelque chose de mystérieux !...

...Mes paupières se voilent d'une grande douceur! Les angelus s'étendent sur les prairies comme un brouillard d'argent! Oh! que les fleurs sentent bon, aujourd'hui! Renouvelez les lys des autels! Je vois un coin du paradis, des anges volent au-dessus de ma chaumine. Quel été étrange et bon! L'air est soyeux. Je nage

dans l'Yser dont l'onde reflète le ciel et les
plantes du bord, toutes fleuries. Mes
membres s'y fondent. Il y a du soleil dans
l'eau, sainte Vierge!...

Les Matines de Marie-Madeleine

CONTE DE PENTECOTE

A Edmond Picard.

Un beau matin de Pentecôte flambait au firmament, et les rayons du soleil dardaient leurs langues de feu sur le beffroi d'Yperdamme. N'est-ce pas que les grandes tours, surgies bien haut par-dessus les villes, sont les confidentes du ciel? Elles saignent, quand les crépuscules rouges mettent des plaies aux horizons, elles s'assombrissent aux orages et se dorent aux beaux jours. Aussi les cloches de ce midi jettent-elles comme d'ardentes paroles de foi et d'amour. Elles s'animent au firmament de lumière et de croyance et prophétisent la mystique splendeur du jour jusqu'aux campagnes où l'été a semé ses écus, d'une main royale.

Lentement Marie-Madeleine monte aux terrasses de son palais, et, de là, elle contemple la ville où des fillettes vêtues de blanc s'en vont par les rues, un missel à la main, et le port, où les navires ont arboré des pavillons bariolés — tandis que la mer, toute jaune, châtoie à l'infini, assoupie comme une tigresse au repos.

Tout est calme et recueilli sous l'ample moisson de rayons germés aux champs d'azur du ciel. Mais Madeleine est triste, d'une tristesse profonde, et l'inquiétude a fondu sur son cœur par ce jour sonore d'été. Elle est pourtant opulente et belle, chargée de bijoux, vraie fée asiatique, et nul ne songerait que ce coffret vivant et précieux, orné de saphirs et d'émeraudes, contînt des herbes amères et fiévreuses. Voyez! Sa chair est superbe, d'hermine et de satin, luisante, entre les bijoux, ainsi que des neiges à l'aurore parmi des saules étincelants de givre et sa chevelure pourrait susciter des conquêtes de Jason. Sur le cuir arabe de ses babouches brillent des diamants, qui la font paraître quelque déesse portée sur des étoiles.

Mais son œil ne participe pas à la fête de ce matin; il est fixe et lointain, pareil à celui du pêcheur qui regarde, à l'horizon, le grain noir qui monte. Car elle pressent aussi, dans l'océan de son âme, une tempête prochaine, et les battements de sa poitrine sont comme l'agitation des flots, quand le soleil brûle étrangement, avant l'orage.

Elle s'accoude, avec un geste paresseux de chatte, au balcon orné de griffons et rehaussé de ferrures, et elle regarde un navire nouvellement amarré dans le port. Il est d'une forme extraordinaire, un croissant sur ses mâts. Sa poupe est couverte d'un tapis de Smyrne; il en sort une musique qui monte jusqu'à Madeleine : des hautbois rauques et des tambourins, une plainte pareille à celle qu'exhalent, le soir, les sables de Campine. Mais où ces flûtes ont-elles appris la volupté triste que leurs becs nasillent? D'où viennent ces accords lascifs, tordus commes des serpents charmés? Ces

tambourins sont énervés, auprès des timbales héroïques, qui sonnent dans Yperdamme, les jours de cortège.

C'est la danse religieuse des bayadères
qui ont ballé hier dans le palais de Madeleine. Sur leurs pieds nus de potiche, d'où
montaient des mollets de cire cerclés de
coraux rares, elles se balançaient, hiérati-
ques, agitant les longs ongles noircis de
leurs mains.

O la soirée diabolique! On avait allumé
des cassolettes comme aux messes somp-
tuaires et des seigneurs en vêtement cra-
moisi et l'évêque lui-même, ce fastueux
amant de Madeleine, qui avait porté au
cœur d'Yperdamme le ver magnifique de
la corruption, restèrent longtemps à contempler les ballerines. C'était dans la
grande salle superbement tapissée de cuirs
de Cordoue où se gauffraient en gloire des
griffons, des dagues et des corbeilles de
fruits. Dans les lustres en cuivre brillaient
des cierges jaunes aux moelleuses clartés.
Madeleine était assise au milieu des seigneurs, sur un siège semblable aux stalles
du chapitre.

Les danseuses, entre les colonnades de
marbre, évoluaient en prêtresses lascives
d'une bacchanale orientale et lente, avec
des gestes indéchiffrables, et elles piquaient
aux moelles les dards brillants de leur
chorégraphie. Leurs poses et leurs regards
fouillaient d'un tison mauvais les coins
noirs de l'âme, y allumant les feux follets
des péchés les plus réprouvés. Madeleine
s'était troublée un peu à ces rythmes aux
chairs opiacées, et des désirs pervers étaient
venus la tenter, comme si un serpent rose
et souple, étrangement beau, glissé au
milieu de fleurs charnelles, eût entouré de
ses nœuds voluptueux un arbre de sabbat
et offert à la pécheresse des fruits damnés,
superbes ainsi que des joyaux ou des
archanges.

Jadis, les tigres de ses passions eussent
bondi sur cette insolite curée. Mais, maintenant, ils étaient domptés, car un Orphée
mystérieux avait surgi dans l'arène violente
de ses amours, une lyre blanche à la main.

L'évêque avait amené ses musiciens, qui
jouaient de la harpe et chantaient, entre
chaque danse des bayadères. En entendant

ces voix d'enfants de chœur, argentines,
fraîches, il sembla à Madeleine qu'elles
avaient conservé la résonnance des nefs
pieuses où elles volètent d'ordinaire. Alors
son esprit s'éloigna de la fête païenne. Une
subite et très douce mélancolie la prit. Le
vent printanier de la musique chassa les
cantharides de son ivresse. Il s'éleva des
papillons de rêve dans son cœur. Elle se
revoyait à l'église. Les chandelles de la
soirée brûlaient pour Dieu. Et dans le fond,
derrière un voile d'encens, le grand Christ
de Sainte-Gertrude, le front sanglant, le
sein blessé, se dressait lentement, ses bras
nus larges ouverts sur la croix, avec la
gloire d'un rouge couchant au-dessus de
bruyères désolées.

Madeleine était donc songeuse par ce
beau matin. Ses regards suivirent des tourterelles voletant au-dessus de la cité, et
elle se prit à envier leur sort. Vivre, dans
l'azur, ainsi, au milieu du son des cloches,
comme les poissons argentés et gracieux

dans l'onde cristalline, et se poser sur les
tourelles claires, auprès des croix d'or !

Et puis elle regardait les fillettes qui
avaient été confirmées, ce jour, et qui
retournaient, sous leurs voiles, au quartier
des pêcheurs. Elle pensait alors à des
choses oubliées. Son jadis, par ce soleil de
résurrection, descellait la plaque de marbre
du palais où elle l'avait enseveli.

Le grave bourdon de Sainte-Gertrude
qui se mit à tinter, sonore et solennel, la
rendit plus triste et l'angoisse de son âme
grandit. La marée lentement montait au
pied de son palais et le sable de la plage
brillait à l'infini.

Mais dans ce baiser d'harmonie et de
clarté, Madeleine peu à peu s'absolvait de
sa mélancolie. Devant cette ville religieuse
et cet astre sans tache au milieu de l'espace
bleu, que ténébreuse lui parut la fête de la
nuit ! Une crevasse s'ouvrit dans le château
de ses plaisirs, et les ballerines dansaient,
infernales, leurs ors brûlant, leurs rubis
changés en escarbilles... Elle éloigna cette
vision d'un geste d'horreur.

Ah ! que la mer était calme, pleine de

bonté, pareille à un immense tapis de douceur aux rêves azurés des cieux! Des voiles
blanches cinglaient à l'horizon. Le zénith
était éperdûment profond et pur. Au loin,
les moissons étaient en fête et des bouquets
de fleurs avaient été jetés à travers ce
dimanche. Les routes bordées de grands
arbres dorés s'en allaient là-bas avec des
airs de cortèges nuptiaux.

Qu'il était bienfaisant, ce soleil, sur les
chairs de Madeleine! C'est lui qui fait
éclore les couronnes des vergers et qui
vermillonne les pêches. Elle joignit les
mains, tout attendrie, et regarda scintiller
les joyaux de ses bagues.

Cette journée allait vivifier la récolte
d'amour nouveau amassé peu à peu en elle.
Des larmes perlèrent à ses yeux. Quand le
printemps va reverdir la terre, bien avant
la première fleur pascale, le sol rêve déjà
de campagne embaumée, et l'on dirait que
lentement il s'adoucit pour laisser les
blancs pétales s'épanouir sur ses herbes
claires. De tels pressentiments germaient
dans le cœur de Madeleine, et, elle aussi, à
cette heure, sentait venir le renouveau aux

violetteš angéliques qui bientôt allait fleu-
rir en elle. Des calices de pureté étaient
encore fermés dans son âme, mais la
moindre caresse d'un ciel propice ouvri-
rait les feuilles innocentes.

Il en était ainsi depuis ce soir mémorable
où elle sortit de la ville, suivie de ses cour-
tisans. Il faisait un temps superbe et le
soleil semblait s'être arrêté à contempler la
splendeur de son immobile couchant. Au
loin, les routes s'ouvraient royalement sur
des ciels de gloire et les vergers du crépuscule évoquaient la splendeur de jardins
d'Hespérides. Dans le Cordoue enflammé
dont le déclin du jour tapissait déjà les
campagnes les plus éloignées, on devinait,
sous les arbres rouges, comme des figures
ambrées et voluptueuses de chaudes
déesses aux cheveux dénoués. Sur des
collines, des bouviers, une corne à la
bouche, rappelaient leurs troupeaux. Ils
s'envóyaient ainsi des notes profondes dans
le calme des prairies.

Marie-Madeleine était couchée dans une
litière. A ses côtés, des seigneurs chevau-
chaient, faisant cabrer leurs cavales sous

les hêtres magnifiques de la route. Ils parlaient haut dans ce beau soir, et il y avait à côté d'eux quelques guitaristes qui jouaient par moments des airs rêveurs comme des murmures de fontaine.

Ils venaient de quitter les portes de la cité, se retournaient pour contempler les tours et le beffroi empourprés au ciel, quand soudain ils virent arriver des bergers et des pâtres. Au milieu d'eux marchait un homme vêtu de lin blanc.

. . . .

C'était Jésus.

. . . .

Il parut à Madeleine brillant comme la première étoile. Il s'avançait sous les pommiers des vergers, où les oiseaux disaient leurs prières du soir, et il caressait les brebis qui se frottaient contre sa robe. Pâle et beau, il foulait de ses pieds nus les marguerites, et avait, dans le crépuscule, la majesté des cygnes.

Madeleine se dressa sur son séant; le verger aux arceaux de verdure où Jésus pèlerinait lui parut être un cloître, dont les noires colonnades soutenaient des vo-

lutes d'or, et où soufflait la mystérieuse
musique d'une chapelle. Tout son sang
afflua à son cœur. Elle fut plus blanche
qu'un marbre ; sa main se crispa sur sa
poitrine. Le cortège apostolique avait l'air
de la sortie lente et grave d'une messe où
Jésus aurait officié, tout resplendissant
encore de la mystique splendeur de
l'hostie. Il bénit, comme l'évêque, mais
sans joyaux à ses doigts et sans la pompe
royale d'une chasuble d'orfroi, et son
geste, auprès de celui de l'amant de Madeleine, aux annulaires violettes, fut ainsi
qu'un vol de colombes à côté du triomphe
d'un paon. Les bergers semblaient des
lévites, les clochettes des troupeaux tin-
taient avec mélancolie, tandis que les
brebis, dont les toisons se coloraient aux
lueurs du ciel citrin et rosé, étaient comme
un cortège d'âmes élues.

Jésus s'approcha des gentilshommes.
Ceux-ci étaient devenus silencieux. Et
Madeleine poussa un grand cri dans le
soir. Elle avait vu sur le front d'ivoire de
Jésus perler soudain des gouttes de sang,
comme si des épines se fussent enfoncées

dans la tête du doux prophète. Le rouge du crépuscule avait pris la teinte du bourreau d'Yperdamme, les rayons jaillissaient en lances impitoyables, et sur les dunes lointaines, Madeleine avait vu trois croix noires plantées. Alors ses yeux s'étaient voilés ; elle avait senti dans son cœur comme un retentissement sourd de tambour funèbre, et elle avait lancé ce cri sauvage.

. . . .

Déjà Jésus disparaissait derrière les haies d'aubépines et de noisetiers. Les phalènes voletaient dans l'air, avec les hannetons ; les grands tournesols des jardins rustiques étaient comme des horloges marquant l'heure du crépuscule.

Lentement les champs s'assombrirent. Les blés et les luzernes s'enténébraient, les angelus et les oiseaux semblaient remontés au ciel ; les routes lignées d'arbres aux horizons mettaient comme de larges bordures de gobelins au paysage qui sombrait dans la nuit.

. . . .

Les guitaristes ne reprirent plus leurs

airs : ils venaient d'entendre une plus
suave musique. Les seigneurs rêvaient à
ce qu'ils avaient vu, sous le coup d'une
impression pareille à celle des voyageurs
rencontrant une oasis au désert altéré et
marchant longtemps avec le poétique souvenir de cette fraîche nature où ils ont pu
désaltérer leurs chairs. Ils regagnèrent
Yperdamme, et quand ils y entrèrent, la
lune déjà brillait souverainement au-dessus
de la cité. Jamais le bel astre n'avait semé
plus douce lumière. Yperdamme surgis-
sait en ville de rêve. Les ardoises des clochers bleuissaient au firmament. Tout était
recueilli : on entendait voleter au-dessus
des toits les lutins des songes se jouant
dans la féerie de cette nuit.

Marie-Madeleine revint à son palais et
traversa ses jardins. Les constellations se
diamantaient au ciel, les buis des quin-
conces, auprès du vierge sommeil des
fleurs, exhalaient des odeurs d'encens : on
eût dit des cassolettes posées là par la nuit.
Les escaliers de marbre étaient mystérieux
sous la lune.

Marie contempla, pour la première fois,

les étoiles et écouta le son des flots, qui donnaient, sous ses terrasses aux lauriers nocturnes, un merveilleux concert d'infini. C'était suave et étrange pour elle, son cœur qui s'émouvait ainsi, comme les premiers sons de la flûte au pâtre qui la découvrit. L'espace était peuplé d'êtres doux qui frôlaient le velours profond de l'obscurité. Les astres étaient des sons lumineux et chantants arrachés à quelque gigantesque harpe céleste. Et le maître de cet orchestre, Marie se le figurait, parmi les globes dont minuit enrichit l'écrin du firmament, pareil au prophète blanc. Elle le voyait vêtu de sa robe aux scintillances de vague phosphorée, l'œil brillant entre les étoiles avec un geste de paix dans le ciel. Ses lèvres étaient plus ravissantes que la rose des rosées. Et il s'érigeait dans l'espace, sur les colonnades d'ébène cloutées par les étoiles, tel qu'un Dieu bienfaisant aux regards d'amour, dans un temple immense plein de musique et d'astres.

Mais soudain il sembla à Madeleine que la rumeur des vagues rendait des coups de tonnerre. Des marches funèbres éclatèrent

encore dans l'infini. Il y eut, dans l'obscurité de la mer, des croix blanches qui
s'élevèrent, peuplant un cimetière qui
psalmodiait au loin une prière sans fin
pour les morts. Jésus saignait au ciel, son
sang éparpillé parmi les perles fines de la
voie lactée.

A cette vision, Madeleine s'enfuit sur les
escaliers de marbre de son palais, poursuivie par la lumière de la lune, avec des
égarements de fantôme aux premiers cris
du coq, le cœur étreint d'une douleur
mystérieuse, l'âme enchantée. Et elle se
jeta sur sa couche, sanglotante et lasse,
mais sentant au fond d'elle une joie tendre,
telle qu'une biche blessée qui retrouverait
ses faons après avoir erré longtemps dans
les halliers.

*
* *

Mais que se passe-t-il là-bas, dans les
rues d'Yperdamme? Les bourgeois se mettent à leurs fenêtres, le peuple court le long
des maisons. La procession va sans doute
sortir de la cathédrale? Quelque forain,

7

installé sur la Grand'Place, bat-il du tambour pour ameuter les gens? On n'entend
pas le son des orgues qu'exhaleraient les
portiques ouverts du temple. Nul tam-
bourin ne ronfle au-dessus de la ville et
l'orchestre asiatique du port lui-même
s'est tu. Il règne d'ailleurs un très profond
silence, si profond que Madeleine écoute
les cloches des villages voisins. Mais voyez :
les tourterelles reviennent sur les tours, les
croix d'or redoublent d'éclat, les coqs des
clochers s'aigrettent de lumière. Le cantique que chante le pays depuis l'aurore
s'élève, s'enfle soudain comme les bannières
et les banderoles de fête au souffle de
l'espace, retentit avec des ampleurs de mirifique *Credo* sous les dais merveilleux aux
panaches d'azur.

Et sur une place de la ville, où
une grande fontaine lance des gerbes
d'eau arc-en-ciellées par la lumière, voici
qu'apparaissent, là-bas, Jésus et ses
apôtres.

Le prophète est encore vêtu de lin blanc.
Il s'avance lentement. Des enfants viennent
à lui, et il pose sa main sur leurs fronts.

Sa barbe et sa chevelure sont d'or fin dans la lumière.

Il va vers la fontaine, s'assied sur le rebord du bassin. Le peuple se groupe autour de lui. Les apôtres sont au premier rang, tête nue. Des femmes s'agenouillent dans la foule. Il parle : un charme saisit les assistants. Jusqu'au balcon de Madeleine, rien ne bouge.

Jésus est l'étoile diurne de cette chaste journée. Madeleine a les yeux fixés sur lui et le paysage d'Yperdamme lui paraît aussi grandiose que le ciel de minuit lors de la première révélation prophétique à la courtisane. Depuis l'apparition du mystérieux personnage, plus miraculeuse que la levée soudaine d'un astre hors des zones tracées par Dieu, elle sent son cœur s'émouvoir d'une façon nouvelle. Il a neigé de la lumière dans ses veines. Ses yeux se sont illusionnés et elle a vu les toits s'argenter, les cloches frémir, et l'hôtel de ville se surdorer en immense châsse orfévrée. Elle a éprouvé des joies de procession. Des murmures de prières volètent autour d'elle. On dirait une cassolette, pleine depuis

longtemps de myrrhe, d'encens et d'essence
de lys, et qu'on aurait ouverte enfin pour
parfumer le songe d'un beau jour d'été.
Elle est telle, déjà, que les saintes des pieux
tableaux, autour desquelles l'artisan a
peints d'innocentes banderoles où des let-
tres gothiques signalent les maximes de foi
et qui se déroulent en de séraphiques
atmosphères, qui ne sont plus la terre et
pressentent les régions du ciel.

Jusqu'alors elle avait laissé s'épanouir sa
chair. On voit, dans les serres, des plantes
exotiques, pousser leurs racines à travers
un terreau gras que les jardiniers entre-
tiennent avec soin. Elles germent sans songer, abondantes, soutenant sur leurs tiges
des trésors de vie végétative, laissant insou-
cieuses couler le Pactole de leurs fleurs
princières. Ainsi Marie avait vécu le long
de ses lambris resplendissants, attentive
aux parfums de sa chevelure, aux roses de
ses joues, à la souplesse de ses levrettes,
sans jamais regarder par la fenêtre, où il
jouait pourtant dans les vitraux des fugues
plus belles que les fugues de bien des
orgues, le vrai ciel qui inondait généreu-

sement ses salles de clarté, et donnait à ses velours et à son teint le duvet de leur magnificence.

Mais à cette heure, elle était mille fois plus noble, car à la plante aux fibres sanguines, faites de neige et d'or, un dieu avait inculqué la pensée qui rayonne et le sentiment qui purifie comme le feu.

*
* *

Les compagnons de Jésus sont des pêcheurs. Voilà Pierre. Voilà Jacques. Le hâle du large mordore encore leurs peaux. Leurs épaules sont osseuses et leurs mains se sont cuites sur les rames et les filets salins.

. . . .

Madeleine est une fille de pêcheurs.

. . . .

C'était là-bas, au quartier du port. La mer venait battre parfois sa maisonnette bâtie sur pilotis. Marie portait de grandes boucles d'oreilles, un vêtement d'enfant, de laine rouge, à fleurs. Il y avait chez elle un serin dans une cage, des bateaux sculptés en des sabots, pendus au plafond.

Le samedi, les équipes rentraient au port. Elle allait avec sa mère sur les dunes.

Les voiles pointaient à l'horizon, une à une, par les beaux jours de mer argentée.

Que le quartier était gai, ces après-midi là ! Les geraniums aux fenêtres paraissaient rougir de bonheur, des rommel-pot ronflaient, la marée rentrait, le port se remplissait d'une flottille. Des vivats flottaient en l'air.

Le passé de Madeleine ressuscitait... D'anciennes figures la promenaient dans les régions du jadis, y faisant revivre, d'une caresse, les fleurs fanées et avec quel éclat ! Les pluies d'été, après d'arides sécheresses, ne rendent pas plus d'émail et de parfum aux choses. Quelle baguette magique le souvenir possède ! Il crée de sympathiques personnages qu'il habille de rêve. Il les fait parler avec des voix troublantes, des gestes d'autrefois en des décors pleins de pensée.

Les dimanches, on allait à la messe. Des joueurs de viole passaient dans les rues,

Les fiancés marchaient deux à deux. Et parfois, à la kermesse, il y avait des carrousels avec chevaux de bois tournant aux carrefours.

Mais le quartier des pêcheurs est encore sous les yeux de Marie-Madeleine. Qu'il s'élève poétique et plein de gaieté malgré les planches noires dont ses maisonnettes sont bâties ! C'est qu'il y a des clématites qui courent le long des façades, des volets verts plus pimpants que les gazons à la rosée, et des corniches blanches. Des jeunes filles passent dans les ruelles, en jaquettes claires, des plaques d'argent qu'allume le soleil à leur front et coiffées de frais bonnets aux ailes de mouette. Des brebis broutent, dans les jardinets, l'herbe saline, et des enfants en costume bariolé tournent comme des toupies sur la plage ou dansent des rondes sérieuses et naïves, la main dans la main, parmi les ancres, tandis que de loin, poussant sa lente gorge au-dessus d'une clôture, une génisse les regarde.

. N'est-ce pas que ce quartier de bois goudronné est aussi délicieux qu'un nid d'oiseaux fait de sombres baguettes, mais où l'on trouve aussi des fleurs et d'où s'évadent des cris d'oisillons?

Des pêcheurs, en laine bleue, de longs bas enserrant leurs mollets, se promènent gravement, en fumant leurs pipes de Gouda sur les estacades, en-dessous desquelles l'onde frisselise, se brise doucement, frôlante, caressante, telle qu'une amoureuse timide. Ils regardent toujours l'océan. Ils se rencontrent, s'arrêtent et se désignent les barques ou les navires qui passent au large. Leurs pas lourds semblent mal à l'aise sur la terre et leur esprit est, comme la lumière des mâts, toujours ballotté sur les flots. Le dimanche, les gens des autres métiers construisent des cages pour les pinsons ou s'exercent à tirer de l'arc. Mais eux, attirés par la fascination de l'horizon, s'en vont silencieux, surveillant le champ de leurs pêches et de leur vie, avec le regard fixe d'un aigle, qui, de son aire, contemple les grands paysages au-dessus desquels il plane chaque jour près du soleil.

Madeleine, leur fille, se rappelle aujourd'hui qu'il lui est arrivé, dans des villes inconnues, des nostalgies de la mer. Elle

était poursuivie par l'obsession mystérieuse
des marées, attachée comme celles-ci, sans
doute, aux lois qui règlent l'océan. Ses
oreilles conservaient, de même que les
coquillages, le bruit profond des plages.
Cela résonnait en gamme liquide, et parfois se frappaient jusqu'au fond de son âme
de ces coups étranges, que la mer jette
souvent à l'épouvante de ses riverains.

Si la pauvre pécheresse, à la dérive en
des eaux diaboliques, professait encore,
pour la plaine que les siens avaient labourée
de leurs proues ruisselantes, un amour
aussi despotique, quelles chaînes, dans le
cachot de leurs poitrines, attachaient à la
mer le cœur des mâles ramasseurs de
harengs! Ils s'élançaient sur leurs barques,
ardents guerriers, humant l'arôme salin
comme on s'enivre à l'odeur de la poudre.
Au large! Leur voilure, c'est leur bannière
de combat! Elle se gonfle ainsi que des
drapeaux de croisés au-dessus des murs
d'une Jérusalem conquise. Et les voilà, au
milieu des moissons sonores de l'onde,
écoutant chanter les grillons mystiques des
flots; l'eau brasille au loin en lingots se

fondant au midi. Les pêcheurs sont à la surface de l'océan pareils à des oiseaux dans l'air, car sous eux la vie et l'espace sont profonds aussi. Des forêts sous-marines se dressent dans les antres énormes ouverts aux requins et aux baleines, et l'existence y est tellement grandiose et puissante que par les nuits d'été elle exhale des feux, éparpillant sur le sein des vagues des miettes d'étoiles, soie moirée dont se vêt l'infini. Sur ce monde aux abîmes verts, ils se balancent, lançant les rudes défis de leurs filets à ces ciels submergés, harponnant la chair rapide et enjoaillée des êtres qui y planent. Parfois ce firmament se trouble. Les vagues font éclater leurs flancs terribles de montagnes qui s'écrouleraient. Elles rugissent aux grands coups qui les blessent et deviennent plus impitoyables que les lionnes outragées. Les barques dansent dans le bal horrible de l'ouragan, filent, glissent à la surface des plaines courroucées, ramiers qu'une soudaine bourrasque surprend dans l'espace et que les vents lancent à travers les tourbillons célestes plus impuissants que des feuilles mortes. Mais les pêcheurs

penchés sur les gouffres se jouent de la
houle emphatique et les éclairs leur sont
d'âpres appels de trompettes. Le vertige
des furieuses murailles d'eau jaillies dans
la nuit ne les fait pas plus pâles que les
escarpes crachant du feu ne logent la crainte
dans la carcasse d'un soldat éprouvé.

. . . .

Et certains d'entr'eux avaient délaissé
cette vie d'héroïsme, nécessaire à leur sang
comme l'orage aux pétrels, pour suivre
Jésus à travers les prairies. Leurs barques
restaient amarrées au port et leurs filets
pendaient le long de leur façade. Ils étaient
là, près du prophète, attentifs à sa parole,
pareils à des chênes se mirant dans une
claire source où l'eau coulerait sur des
fleurs. Ils avaient tout quitté : la richesse
des pêcheries, les crépuscules de vermeil,
les aurores des flots, l'ébène cristallin des
nuits du large !

. . . .

Madeleine, elle, abandonnerait ses terrasses de marbre, le soleil de ses bijoux et
de ses robes étincelantes, le charme des
sérénades ! Plus de fête ! Plus de fête !

Sa vie de luxe surgit à côté d'elle, parée de velours incarnat, toute ruisselante d'émeraudes, le sein victorieux, la chevelure déployée et lourde de parfums. Oh! l'ivresse dans les yeux de cette apparition. Qu'elle disparaisse, affreuse, démon habillé en reine! A son contact les vagues deviendraient folles, les pierres se damneraient!

O Madeleine! Quand après une nuit de sabbat, l'aurore se montre au ciel, le jour découvre, dans les grandes montagnes ruinées par le tonnerre, les autels des malfaisants thaumaturges, les traces diaboliques du pas des empuses, le dernier reflet des noires féeries et les rochers fendus plus énigmatiques que des pages de grimoire. Mais peu à peu les alouettes remplacent les chauves-souris et le soleil chasse les hibous. Alors le paysage a horreur des bacchanales dansées dans les plis de ses ravins. Il se purifie sous le baptême de la lumière, que les Jourdains célestes versent à profusion, et le moindre bosquet est visité par un rayon qui y fait chanter l'oiseau encagé dans ses feuilles.

Ainsi, Madeleine, les marbres de ton

palais te parurent souillés par les boues
d'or du vice. l'on âme était pareille à ces
paysages dévastés par le démon et la rédemption pointait aux horizons de ton
cœur. La rosée des remords tombait sur
les champs mauvais de ton esprit antérieur
et l'idée de Jésus y faisait germer les plantes
sans astuce et bonnes de la foi.

Bientôt des forêts rafraîchies vont rossi-
gnoler en toi, des brises candides caressant
leur feuillage sublime, et tu marcheras en
des jardins de sérénité, où dorment des lacs
tranquilles.

Car à travers les vergers, sur la pente des
collines où les troupeaux de brebis bigar-
rent les herbes d'innocence, Madeleine se
voit déjà, avec le prophète, au milieu des
apôtres. C'est elle qui essuie ses pieds nus,
de sa chevelure, quand les épines des sentiers les font saigner. Le cortège va par les
villages : partout ce sont des parcs étoilés
de pâquerettes, de doux parcs tel qu'on
rêve quand on entend le son de l'orgue en
regardant les buis d'un autel. Jésus entre-
t-il dans une étable : tout devient aussi
mystérieux que les nativités du Seigneur,

faites par les très vieux peintres dans les églises. Les ruisseaux par lui traversés sont plus limpides, les fleurs qu'il touche se dressent plus belles que des boucles de duchesses. Les abeilles passent en flèches d'or dans ses doux gestes blancs. Ils marchent, se nourrissant de mûres le long des chemins, buvant du lait. Ils s'arrêtent, les jours de grande chaleur, dans les hautes sapinées, et aussitôt les fûts des arbres et leurs aiguilles s'emplissent de résonnances, pareilles à ces bruits inquiets qu'on devine le long des colonnes des anciennes cathédrales et qui sont comme les âmes plaintives des prières non exaucées. D'autres fois le cortège, par un matin de printemps, s'asseoit au sommet d'une colline. Le pays d'alentour prend soudain des timidités de bergerie, les cloches lointaines sèment de séraphiques idylles sur les moissons, le ciel célèbre de tendres matines : on dirait que toutes les jeunes amours de la terre s'y sont donné rendez-vous. Jésus parle : sa voix est parfois entraînante, mais elle a toujours des caresses de vague, les jours d'été. Il parle de bonté et d'amour, raconte des légendes

qu'il laisse voler à travers le pays comme
des fils de la Vierge. Ses paraboles sont
suaves. En les entendant, il semble qu'on
mange des pêches d'ambroisie au milieu
des Innocents montés au paradis. L'encens
divin fume à travers ses paroles. Et Madeleine est près de lui, assise sur l'herbe. Ses
gestes la frôlent. Elle sent l'odeur de laurier
de ses mains pâles, voit ses cheveux se dorer
au soleil. Les bergers accourent de partout,
avec les rustres et les pêcheurs, dont on
voit au loin les mâts au repos ; c'est un vrai
pèlerinage. Des moissonneurs passent avec
des gerbes, des routiers avec des chariots.
Tous écoutent le prophète. La plaine semble convertie, les hirondelles frôlent le
prêche de leur vol délicat. Jésus fait re-
naître parmi les hommes la bonté des sour-
ces qui abreuvent les fleurs, la douceur des
papillons qui vivent d'azur, la générosité
des oiseaux qui chantent pour égayer les
bois, le dévouement des pélicans saignés
pour leurs petits. Il leur dit comment les
forêts souffrent l'hiver sans se plaindre, et
son bras paraît parfois soulever le rideau
bleu du ciel pour montrer des cortèges de

bienheureux, des pyramides d'anges, des colombes de lumière et sur des trônes, de vénérables et éternels personnages, à longues barbes et riches tiares, qui président à des jeux infinis d'astres et d'apothéoses.

Plus tard, après le déchirement des cieux, quand au-dessus du Golgotha, où des bourreaux l'ont traîné à travers une kermesse de soudards ivres, Jésus a été fixé sur une croix, une croix immense, qu'on dirait une chauve-souris aux ailes déployées mettant des ténèbres sur toute la région — quand autour de sa tête sont descendus des nuages verts, ciguës des éternelles colères, voilà le corps tout nu du Christ, que les corbeaux contemplent de loin! Des éclairs ont jeté des reflets sinistres sur les lances des soldats romains. Les drapeaux des légions ont pris des envols de vautours tombant sur des agneaux. Le ciel a bougé. Les vêtements du Seigneur ont été joués aux dés, les bourreaux ont fui à travers les prairies. Et quand le cataclysme se fut apaisé, le corps nu de Jésus brilla au soleil, tel après une tempête qui fracasse les navires, une poitrine de noyé, encore radieuse et blanche, émergeant au flanc radieux d'une vague, avide d'une dernière caresse de l'existence.

Et Madeleine s'approche de Lui avec les saintes femmes. Des manouvriers montent à la croix et détachent le Christ, qui glisse mollement, la tête inclinée sur l'épaule, le long du bois crucial, vers le suaire tendu pour le recevoir. Ses lèvres sont pâles et le ciel de ses yeux s'est fermé. Ses côtes amaigries ont des tristesses de cage vide, car son âme est partie. La bouche de pourpre de sa blessure s'ouvre à son sein en fleur de rouge vie sur cet être de néant. Il glisse, et Marie agenouillée et en larmes sent la main froide de son Dieu frôler sa joue, et elle reçoit le beau corps nu, élégant et pâle, telle une lumière balayée par un nuage ou tel un lys cassé par la grêle. Et dans son âme résonne une note profonde de douleur et d'amour, et elle soigne dans le linge de mort les beaux cheveux de Jésus.

.   .   .   .

Pendant ces visions prophétiques, Madeleine transformée et radieuse, ôte lentement ses bagues et les jette à la mer. La marée est à son apogée et lèche les murs du palais.

8

Les blanches colonnades scintillent. Les bijoux tombent brillants comme des frelons mauvais qui iraient se noyer follement dans les vagues. Madeleine les lance aux flots avec des gestes de sainte qui exorcise. Voilà! Que les fonds mystérieux de l'océan prennent ses richesses, que le sel des ondes morde ses joyaux, et qu'ils aillent bien loin, dans les gouffres, ensevelis ainsi que sa vie passée. Qu'ils se vert-de-grisent ou se rouillent parmi les monstres ou qu'ils fassent la joie des sirènes qui cajolent méchamment les pêcheurs : elle vivra en simple, pareille aux tourterelles parmi les croix d'or.

Et tandis que le paradis chantait sa rédemption, Madeleine, veuve de ses bijoux, descendit les escaliers de ses terrasses, et, traversant un quartier pauvre, elle alla, idéale épousée, vers Jésus, là-bas, près de la fontaine.

Le Reniement de saint Pierre.

CONTE NAIF

A Henry Degroux.

C'était par une belle nuit d'étoiles. Les
apôtres dormaient en silence près de la
montagne des Oliviers. Les moulins à vent
s'étaient arrêtés dans les ténèbres.

Jésus seul veillait. Le clair de lune,
voilé de quelque brouillard roux, laissait
apercevoir pourtant les barques amarrées
aux rives du Jourdain. Sur le chemin taci-
turne passait parfois un garde avec une
lanterne. Des odeurs de goudron et de marée montaient du fleuve et l'arôme capiteux
du sommeil des plantes s'exhalait dans les

airs rafraîchis. Méthodiquement, les clochers voisins sonnaient les heures. Rien n'est poétique comme ces tintements de cloches qui comptent les instants de la nuit en monnaie argentine. Cela tombe dans les airs au repos ainsi que les fruits d'un arbre penché sur un lac calme et qui chuteraient dans l'onde sonore, y faisant de grands cercles éteints bientôt aux berges.

On voyait au loin les fanaux des phares; les puissantes allées de chênes et de hêtres pantant de la montagne des Oliviers semblaient mystérieusement y conduire.

Au bord du Jourdain, des vaches rôdaient lentement sous la lune et l'on apercevait, près des bacs au repos, des filets tendus dont les bouchons voguaient à la surface de l'eau.

Les apôtres étaient couchés sur des mottes de foin, baignées de lumière nocturne. Tout à coup Jésus les réveilla et dit :

— L'heure est venue ! Le Fils de l'homme s'en va être livré aux mains des méchants.

Il parlait encore que Judas arrivait avec une troupe ayant des épées et des bâtons.

Ils apparurent soudain au détour d'une allée, porteurs de torches, dont les reflets rouges dansèrent sur les talus, coururent sur les frondaisons, et qui fumaient sous les branchages.

C'était une bande de soudards sortis d'un corps de garde où ils avaient passé le temps, au milieu d'un carnage de pipes cassées et de cruchons éventrés, à engouffrer de la bière et à jouer aux cartes. Aussi étaient-ils à moitié ivres, et se disséminaient-ils à mouiller le tronc des arbres de leur trop-plein.

Des hiboux et des chauves-souris passaient dans la lumière, battant les branches de leur effroi. Car l'aspect de ces hommes était effroyable.

Une bande de chacals et de loups n'eût pas lancé de plus ignobles cris. Ils semblaient arriver des enfers. Les glaives scintillaient çà et là, brandis par des poings féroces, des bâtons décrivaient de menaçants moulinets dans la lueur des torches, à travers les jurons de la soldatesque. On eût dit une meute, l'écume aux dents, allant s'accrocher aux flancs d'une biche.

Judas avait la figure bilieuse, les pommettes blèmes, et ressemblait à ces scribes qu'on voit pesant de l'or dans la boutique des banquiers.

Un vilain sourire de tortionnaire plissait ses lèvres de fouine, et sous les rides inquiètes et fuyantes de son front, de petits yeux de renard clignotaient.

Lui, qui pourtant à la Cène avait bu le vin eucharistique, s'approcha de Jésus, et, comme c'était convenu, le baisa au front pour le désigner à l'infâme cohorte, et cria : Maître ! Maître !

Le baiser avait retenti, empoisonné, dans l'air ; ces paroles paraissaient des sifflets de vipères. Et les mains des reîtres s'appesantirent sur les épaules du Christ, pendant que fuyaient les apôtres, épouvantés, réveillés par ce cauchemar d'un sommeil où ils rêvaient des joies du paradis.

Mais un des soudards, révolté par la trahison de ce maigre disciple, qui regardait la terre, et dont le dos voûté semblait vouloir se cacher, ainsi qu'un cou de tortue, dans le grand manteau où sa carcasse grelottait de froid et de terreur, s'approcha de

Judas, et, comme on coupe la tête à une oie de kermesse, d'un coup de poignard il lui enleva l'oreille. Judas s'en fut hurlant, sa main de rapace sur sa plaie saignante qui coulait rouge sur son épaule, et, trébuchant par les rigoles et les ornières, il alla se cacher près des hiboux.

La troupe emmena Jésus vers le palais du sacrificateur souverain.

Il faisait encore nuit. Le fils de Marie marchait, comme une fleur éclatante parmi les ronces et les épines, au milieu des bandits. Il était silencieux, sachant que ces événements étaient prédits par les écritures.

Les torches, autour de lui, s'échevelaient : parfois on les baissait pour en laisser couler la résine. Les chiens des fermes aboyaient au passage de la cohorte. Les reîtres frappaient aux portes endormies des auberges, pour avoir de la bière ; on se fût dit en une allée sombre des bord du Styx où passent des bandes de diables.

Enfin le groupe, après avoir traversé un bois, arriva près du palais.

La façade fut soudain éclairée par les torches, et sa colonnade vibra d'un grand

reflet. Les soldats gravirent l'escalier du
portique, entraînèrent Jésus, tandis qu'une
foule accourait et se précipitait vers le
monument aux fenêtres duquel brillaient
déjà les lampes allumées dans la salle du
Conseil.

Saint Pierre, cependant, avait suivi son
maître à distance.

Il se mêla à la tourbe toujours croissante
qui venait battre de ses cris et de ses gesticulations la colonnade; mais, comme il
était très ému et fatigué, il se faufila dans
la cuisine du palais, loin des clameurs de
la canaille.

Il y entra le front pensif et s'assit sur une
chaise tressée en paille, tout près du feu,
et il regarda, sur le rebord de la cheminée,
une image représentant la Vierge des Sept-
Douleurs pendue à un clou où s'accrochait
aussi un chapelet d'oignons.

C'était une opulente cuisine dallée de
carreaux blancs et jaunes, propres comme
une nappe de dimanche. Le matin allait

luire et un grillon chantait dans l'âtre.
Sous la cheminée, deux poulets embrochés,
à la bonne cuisson desquels veillait un gamin accroupi dont la trogne était rougie
par le feu, luisaient d'une graisse frisson-
nante et tournaient leurs croupions défon-
cés au-dessus des flammes, tandis que,
pendues à des crémaillères, des marmites
lançaient des fumées ainsi que des osten-
soirs allumés le jour de Pâques. On préparait le repas matinal des sacrificateurs
qui allaient questionner Jésus. Une servante en corsage rouge, hâtivement lacé au
lever et laissant voir sa chemise gonflée par
de gros tétons, les bras nus et les yeux
encore cernés de sommeil sous ses cheveux
mal peignés, debout devant une table de
bois y épluchait des légumes tout près des
entrailles des poulets qu'elle venait de vider
pour la rôtisserie. Elle s'éclairait d'une
chandelle plantée dans un chandelier en
cuivre. Au-dessus de son béguin, aux
poutres du plafond, pendait une cage où
un sansonnet dormait encore, et dans un
coin, à côté d'une porte entr'ouverte donnant sur la cave et d'où montaient de

fraîches odeurs de bière, une armoire montrait des cruches dont la clarté léchait les
panses. Saint Pierre était on ne peut plus
perplexe ; il enfonça son grand feutre de
pêcheur dans sa nuque. Son ombre dansait énorme, à chaque tressaut des flammes,
sur les murs blancs où pendaient des fers
à gaufres, des grils à hareng-saur, des
gousses d'ail, une vessie de porc et de
bruns morceaux de lard. Près de lui, en
une cage faite d'un vieux bahut, dont on
avait remplacé les portes par des lattes de
bois disposées en grillage, quelques coqs
étaient assoupis, la poitrine gonflée, la tête
dans les plumes, gavés, sans doute, par les
platées de fèves qu'on leur servait, afin
qu'ils fussent bien gras, blancs et dodus
aux festins du sacrificateur.

Saint Pierre songeait à ce qu'avait
annoncé Jésus-Christ :

— En vérité, je te dis qu'aujourd'hui,
en cette propre nuit, avant que le coq ait
chanté deux fois, tu me renieras trois fois.

Et il avait répondu :

— Quand même il me faudrait mourir
avec Toi, je ne Te renierai pas.

Mais maintenant, où était son courage?
La foule hurlante lui faisait peur. Il songeait, la tête dans les mains, à tout ce que
Jésus endurait là haut dans le Consistoire,
et il avait, malgré la chaleur du foyer, des
frissons tout le long de l'épine dorsale.

Car le maître des apôtres comparaissait
devant les principaux sacrificateurs et
scribes assemblés en une longue salle aux
colonnes de marbre, écussonnées de lions
sur fond d'or. Devant un haut lambris en
chêne, aux coins duquel des anges sculptés
jouent de la harpe, les juges du Christ
l'interrogeaient, vêtus de robes noires tache-
tées par l'hermine, un rabat sous leurs men-
tons pointus comme des museaux d'hyènes
ou gras comme des panses de porcs. Le
sacrificateur suprême tenait en main une
baguette et, encore assoupi, il songeait aux
poulets qu'on faisait rôtir dans la cuisine.
Il eût bien voulu, au fond de sa conscience,
qu'on laissât retourner Jésus par les villages conter ses paraboles, mais de nou-
veaux témoins sortaient toujours de la foule
pour accuser le Christ ; les Scribes, leur
nez jaune dans les parchemins, actaient les

dépositions. Des gens d'armes, lances au poing, protégeaient les juges impassibles et rangés derrière une lourde table où posaient des écritoires et quelques flacons de vin.

*
* *

Au dehors, la foule tapageait de plus en plus fort. Les escaliers du prétoire étaient encombrés par des gens furieux, porteurs de fléaux, de fourches à trois dents, faisant pleuvoir les injures comme des crachats dans un cabaret encombré d'ivrognes. Des lansquenets maintenaient cette crapule en frappant de grands coups. L'un d'eux entra dans la cuisine où se trouvait saint Pierre et demanda à boire.

La servante descendit à la cave et remonta armée d'un pot dont une fine écume mouillait le ventre. Le soudard la remercia d'un clin d'œil et engloutit la bière à larges lampées; alors il s'essuyà la moustache du revers de sa manche, tandis que la servante lui dit, tout en hachant des choux dans une huche en bois :

— Rude nuit pour toi, n'est-ce pas?

— Oui, mais la boisson est bonne ici.

Et il pinça la commère.

Celle-ci eût un rire qui secoua toutes ses chairs, et le gamin, qui saupoudrait les poulets de gros sel, leva la jambe devant saint Pierre en signe de plaisir.

Mais le lansquenet, malgré ses airs hilares, grommelait :

— C'est ce Nazaréen qui empêche les gens de jouer aux cartes et qui amène ici toute cette canaille!... On ne trouve pas de témoin suffisant contre un tel va-nu-pied? Faut-il des précautions contre un pareil gueux? Qu'on le hisse d'un coup à la potence et qu'on fasse pendre sur ses tétons cette langue avec laquelle il cherche à révolter le peuple!

Et, s'adressant à saint Pierre, il dit :

— Tu ne le connais point, toi? Et ne pourrais-tu raconter au Cénacle quelqu'une de ses folies?

Pierre répondit :

— Non, je ne le connais pas.

Alors le coq, qui était encagé près de l'apôtre, se dressa sur ses ergots et lança

dans la cuisine un : « ko-ko-ri-ko » fanfar-
rant comme une diane. C'est qu'il était
presque matin. L'aube avait collé sa figure
pâle aux petits carreaux de la fenêtre et l'on
commençait à voir les poiriers du verger.
Tout sommeillait encore, il est vrai, et la
lumière ne dorait pas les sommets des arbres.

Le lansquenet étant parti, la servante,
qui venait de trousser son dernier poulet,
alla dans la cour chercher de l'eau en un
chaudron de cuivre. Le jour velouta son
corsage rouge ; elle s'appuya à une pompe
dont elle saisit la poignée et qu'elle fit
grincer et pisser abondamment.

Tout en manœuvrant de la sorte, elle
cria à Pierre :

— Le soleil va ouvrir la danse des rayons,
pêcheur, sous un plafond magnifique. Veux-
tu pas, avant de partir, te réconforter les
entrailles d'une soupe aux oignons, ou faire
glisser dans ton estomac une rissolante
tranche de lard ? Le maître n'en saura rien,
et je tirerai de la tonne une mesure de
double bière. Elle est fraîche et fera de ton
gosier un paradis.

Saint Pierre refusa. Il songeait qu'il avait péché en reniant Jésus. Et les yeux arrêtés sur une fourche à jambons et sur les flammes où des volailles nouvelles poussaient leurs cris suprêmes de rissolement dans le crépitement juteux des graisses, il pensait qu'il serait certainement puni de sa lâcheté et que Satan enfoncerait une pique dans son ventre de pauvre sire et le ferait tourner sur les langues dardées des flammes de l'enfer. Il les sentait léchant sa peau, moins douillettes que les langues des tendrons auxquelles il s'était frotté dans sa jeunesse, et ses entrailles étaient perforées et dolentes ainsi qu'aux indigestions de fruits trop verts. Il s'imaginait des levées de diables pareilles à des grouillements de crevettes dans ses filets. La cheminée s'approfondissait jusqu'à devenir une gueule ouverte des empires souterrains, et les couvercles des casseroles dansaient ironiquement dans l'ébullition des purées.

Mais la servante n'était pas satisfaite de l'allure de ce rôdeur puant la marée, qui refusait ses offres de mangeaille, et qui, le nez enfoui dans l'odeur des sauces, n'avait pas jeté un seul regard à son corsage plus dodu que les poulets.

Elle contempla le singulier apôtre de plus près, et une flamme qu'avait suscitée un peu de graisse tombée dans le foyer, ayant éclairé mieux la face ridée de Pierre, elle crut le reconnaître et dit :

— Mais je t'ai déjà vu avec le Nazaréen?

Il répondit encore :

— Je ne fus jamais avec lui.

La servante, les cottes serrées entre les cuisses, s'approcha du foyer et donna des coups de fourchette aux volailles, afin que le sel les pénétrât; et elle regarda Pierre à diverses reprises, lorsqu'un grand tumulte se fit au dehors et elle courut voir ce qui se passait.

Jésus n'avait-il pas dit au Consistoire :

— Je suis Christ, fils de Dieu?

Alors le sacrificateur avait déchiré sa robe en criant :

— Avez-vous ouï le blasphème?

Et tous avaient unanimement condamné Jésus à mourir.

Un juif lui cracha au visage; d'autres lui donnèrent des soufflets. On lui cueillerait

une couronne dans les buissons, à ce roi
ridicule ! Et ce furent de grands cris et des
vociférations.

La servante ayant ouï ces choses, dit aux
gens d'armes :

— Il est dans ma cuisine un apôtre de
cet usurpateur.

Les reîtres entrèrent et questionnèrent
saint Pierre :

— Tu es donc aussi de ces gens-là ?

Pierre était pâle et ses jambes flageo-
laient :

—- Non, non, bégaya-t-il.

—- Certainement, tu es de ces gens-là,
car tu es Galiléen : ton accent te trahit.

Pierre dit :

— Que mon âme soit vouée aux flammes
de Satan, si je ne dis vrai. Je ne connais
pas Jésus.

Ils regardèrent Pierre avec défiance.
C'étaient trois solides soudards dont l'un
avait en mains une lance avec laquelle il
frappait sur les dalles. Les deux autres
tenaient le poing sur la garde de leur sabre.
Et un dernier personnage, plus maigre
qu'un chien d'avare, ricanait derrière eux

en sautant sur des jambes vêtues de haut-de-chausses troués; à la vue de Pierre embarrassé, il jeta jusqu'au plafond un feutre défoncé et rapiécé, mais fleuri d'une belle plume de paon.

La cuisinière intriguée regardait, une fourchette en main. Et Pierre était si blanc de terreur qu'on eût cru qu'il allait embrenner ses haillons d'apôtre, et que les hommes le prirent en pitié et s'en furent riant de tout cœur.

Le coq poussa la tête entre les treillis et lança un cri perçant, qu'imita aussitôt, la main en trompette sur la bouche, l'homme à la plume de paon. D'autres coqs répondirent au loin, car le jour allumait des crêtes roses au faîte des chaumines. Des moineaux criaillaient sous la rosée. Autant le soir est voluptueux et charnel, autant le matin est chaste et pur. Il est le regard humide, fatigué des contemplations amoureuses de la vesprée et des étoiles, et qui ne songe plus qu'à s'enivrer des bleus extatiques d'un horizon sans nuage.

Mais saint Pierre, en quittant la cuisine, n'écouta pas la chanson des vierges qui

viennent dans les brouillards irisés de l'aurore égrener des notes de cristal à travers
l'atmosphère, et glisser sur les étangs. Au
loin, les sommets des phares, annoncia-
teurs du ciel, prédisaient par leur bel éclat
une journée radieuse. Et l'apôtre, des
pleurs plein la barbe, se voyait déjà dans
les grottes enflammées de Pluton, en com-
pagnie de filles folles dont tous les poils
ont brûlé.

Il chemina quelque temps, et, arrivé sur
un talus, il aperçut un cortège singulier :
un homme à moitié nu, des cordes lui ser-
rant les bras au torse, marchait entouré de
mercenaires et de sergents qui lui donnaient
des coups de verge. Le maigre sire, qui
tantôt dansait à la cuisine, le tenait par le
cou au moyen d'une chaîne : c'était Jésus
qu'on menait à Ponce-Pilate.

La fille de Jaïre.

CONTE BIBLIQUE

A Albert Giraud.

Un moine blanc sortit de l'hôtel de Jaïre avec Joë, le serviteur, et dit :

— Je vais au couvent des Prémontrés faire sonner les cloches !

— Dieu la reçoive au paradis des vierges ! répondit Joë.

— Ainsi soit-il ! dit le moine.

Et, relevant son capuchon, il s'éloigna, longeant les murs comme une ombre, les bras croisés sur la poitrine.

Joë resta seul et pensa :

— Les cloches des morts ce jour !... c'est

ordonner maigre le jour de Pâques! Verse-
t-on donc du vin dans les tuyaux d'orgue,
le vendredi saint, quand ils soufflent des
Dies Iræ?... Cela m'est, en somme, indiffé-
rent, car je suis de garde à l'hôtel. Mais
quelle kermesse! Ces cloches vont attrister
le ciel. Allez danser au son des carillons qui
annonceront un jour votre mort!

En effet, la fête se préparait sur la
Grand'Place d'Yperdamme. Au balcon de
l'hôtel communal, où tantôt les échevins
allaient paraître, pendait un riche tapis de
Smyrne, pareil à une cascade d'œillets, de
lys et de roses. A toutes les façades on atta-
chait des drapeaux et des oriflammes. Une
grande animation mettait sous le beau soleil
de ce jour une vie de liesse extraordinaire.
On dressait des tables aux portes des
cabarets et de lourds chariots de brasseurs
déposaient des tonnes remplies. A une des
extrémités de la place, où se trouvaient
plantés des mâts avec des tresses de fleurs
et des écussons, on dressait une estrade, et
les menuisiers des corporations, sous les
coups répétés de leurs marteaux, faisaient
résonner les poutres et les planches. Plus

loin, c'était un carrousel, avec des chevaux de bois, qui s'essayait déjà aux sons d'une clarinette et d'une trompe. Et se continuait, le long de la rue principale, une série de baraques aux toiles bariolées et de boutiques en plein vent nouvellement installées dans l'attente des chalands de la kermesse.

Seul, dans ces préparatifs que le peuple et le soleil organisaient en vue d'une fraternelle et sympathique festivité, l'hôtel de Jaïre restait morose, avec ses volets fermés, son opulent portique veuf de guirlandes en ce matin de réjouissance et les lugubres lumières qu'on devinait derrière les verrières de la chambre d'Ephraïma. O ces lueurs de cierges! C'était comme une étoile de pénible augure levée dans un horizon bienheureux, ou quelque feu follet aux pensées de mort soudain allumé au-dessus des plates-bandes d'un jardin de printemps. Les habitants d'Yperdamme jetaient à l'hôtel dolent des regards de compassion et sincèrement ils maudissaient la camarde qui avait fauché ce jour la plante la plus radieuse de leur cité.

A ce moment survint le noble seigneur Zacharius. Il portait un grand feutre à plume jaune, un pourpoint gris à brandebourgs d'argent et, une main sur la riche garde de son épée, de l'autre il retroussait fièrement sa moustache de matamore.

Il frappa sur l'épaule de Joë :

— Ton maître ?

— Mon maître, seigneur Zacharius !... Il est à la recherche de Jésus.

— De Jésus ?...

— La fille de mon maître est morte.

— Ephraïma ?

— Oui, seigneur. Ce matin. Le marché venait de finir. Elle a encore entendu les pinsons et les fauvettes que les paysans emmenaient de la Grand'Place.

— Il y a huit jours, elle dansait le menuet dans mon castel !... Et ton maître est allé vers Jésus ?

— Oui, seigneur.

— Il y perdra son temps !... Quel âge avait-elle ?

— Seize ans.

— Elle était bien jolie ! Si douce et si fluette ! Des grâces de pervenche. Quelle divine Madeleine elle eût faite dans nos concours de rhétoriciens !

— Oui, seigneur.

— Car elle avait des cheveux d'archange. Et tout cela est fauché ! Oh ! la moisson pénible ! la moisson cruelle !... Je ferai des vers sur sa mort !

— Oui, seigneur.

— Le malheureux Jaïre ! A quoi servent les richesses ?... Son rempart de saphirs et d'émeraudes n'a pas empêché la mort de pénétrer chez lui et de lui prendre même son plus merveilleux bijou !... Et le voilà à la recherche de Jésus ?...

— Oui, seigneur. Qu'il réussisse dans son entreprise !

— Ah ! ah ! Je voudrais voir cela !... Malheureuse Ephraïma ! Malheureuse petite ! Mais je te laisse et vais à la rencontre de mes rhétoriciens qui viennent ici jouer l'histoire de Joseph vendu par ses frères... Je te conseille, Joë, d'assister tout à l'heure au spectacle que nous donnons là-bas. Vois-tu ? On dresse l'estrade. Il y aura un orchestre et deux dromadaires qu'un marchand asiatique de passage nous a prêtés.

Tu verras le roi d'Egypte en costume de velours, entouré de ses gardes, puis Joseph et ses frères, l'histoire des songes. Mme Putiphar récitera des vers que j'ai composés.

— Oui, seigneur.

Mais Zacharius apercevant un cortège qui arrivait à la place, s'écria :

— Les voilà ! Les voilà ! Les voilà ! Je vais vers eux !

— Au revoir, seigneur.

Les rhétoriciens débouchaient sur la place en des chars ornés de couronnes de laurier et flanqués de bannières. Ils menaient grand tapage et faisaient éclater des cruchons de bière de Louvain. De solides entiers aux crinières enrubannées les traînaient, piaffant superbement sous les fenêtres qui s'ouvraient pour qu'on vît passer le cortège. Ils portaient des costumes baroques, arborant de grands chapeaux de capitans et des casaques ruisselant sous le soleil comme un plant de tulipes. Leurs figures étaient animées ; ils montraient entre les tresses de feuillages appendues à leurs véhicules des masques de joie comique, des

faces hilares, des bouches goulues, des joues
hâlées que le sang rougissait généreuse-
ment. Une grosse joie suintait par tous
les pores de ces voitures, ainsi qu'une
écume de cidre mouillant les jointures
d'une tonne en fermentation. Et que de
choses bizarres ballottées sur ces roues de
kermesse : des tambours, des lances, des
barbes, des cuirasses miroitant au loin, un
sceptre doré, une couronne en zinc, et des
draperies à la mode antique. Tout cela
dégringola autour de l'estrade, sous la
direction du seigneur Zacharius. On pen-
dit les toiles aux lattes et aux poutres
blanches, au milieu d'un concours d'enfants, le nez en l'air.

Une béguine parut au balcon de Jaïre.

—La nonne est fatiguée de dire des pater-
nôtres, se dit Joë. Les autres années, c'était
Ephraïma qui venait au balcon... Enfin !
quinze jours de pleurs, et puis on oublie.
Car la terre engouffre bien plus que le
cadavre des morts !

Et il suivit mélancoliquement un chemin
le long des maisons, au milieu de tables
dressées.

Baës, tout en frottant un bel hanap
d'étain, sur le seuil de son auberge, l'arrêta
en disant :

— Vous êtes bien triste, Joë.

— Ephraïma est morte !

— J'ai vu ce matin le Saint Viatique en-
trer chez Jaïre. Mais ces lueurs de cierges
font une bien lugubre illumination à la
fête !... D'autant plus que mon cabaret est
voisin de l'hôtel de la morte ! On n'aime
guère à festoyer à proximité d'un cadavre !
Cela fait songer à de trop tristes choses,
Joë !... Et puis Jaïre ne pourra, cette année, faire lécher la façade de son hôtel par
son beau drapeau pourpre, broché de lions
d'or !

— Jaïre est à la recherche de Jésus.

— J'ai rencontré un jour Jésus guéris-
sant un paralytique. Quelle magie, Joë !
Je n'en croyais pas mes pauvres yeux !...
Mais la foule arrive. Je vais mettre mes
tonneaux en perce !... Voilà les marchands
de pains d'épice et de beignets !... La
Grand'Place va sentir bon le beurre frit, le
caramel et le lard. Ah ! ah ! Il faudra engouffrer de la bière pour faire glisser dans

l'estomac les crêpes et les gaufres!... Voilà
la gilde de Saint-Georges qui vient au concours d'arbalètes avec la bannière où l'on
voit saint Georges, la lance au poing!...
Ils défilent sous le beffroi! Le beau temps!
Il pleut du soleil sur les arbalètes! La gi-
rouette de l'hôtel communal brille comme
un écu sur le ciel! Heureux présage pour
nos escarcelles, Joë!

Baës et Joë devisaient ainsi au milieu de
l'animation de la Grand'Place, quand un
grand tapage s'éleva du côté de l'estrade.

C'était une troupe de mendiants qui
s'étaient pris de querelle avec les rhétoriciens.

Tout à l'heure, ils étaient aux portes de
la ville, attirés par les profits de la ducasse.
Ils allaient, dévalant des talus avec des
contorsions grotesques de crapauds poursuivis, sautillant et s'escrimant sur leurs
membres déformés. Les uns s'appuyaient
sur des béquilles, une pauvre guitare au
dos; d'autres, essoufflés, traînaient ainsi
que des limaces leurs jambes de goutteux
enfouis en des linges salis aux ornières; des
aveugles, les paupières rouges, se cognaient

aux passants ; un misérable ne possédait
qu'un pied, mais en revanche il avait une
cornemuse pendue à l'épaule. Pauvres
sires ! musiciens teigneux des kermesses,
chanteurs crasseux des grand'routes, ils
portaient leurs estropiements comme des
gagne-pain. Quelques-uns étaient de vrais
monstres d'apocalypse, tant leurs contorsions étaient terribles, car ils se tordaient
comme des racines de chênes dans leurs
loques répugnantes. Tout ce régiment ga-
leux, arc-bouté sur ses moignons, avec des
bosses et des plaies, pareil à un groupe
d'escargots monstrueux, de sauterelles dif-
formes, de gargouilles ébréchées, dardait,
sous des paupières flasques et des cheve-
lures pleines de vermine, des regards de
pitié.

— C'était là-bas, narrait l'un d'eux,
maintenant transfiguré et rayonnant comme
un ange déchu qui aurait pu reprendre
son vol à travers les cieux ; c'était là-bas,
sur la grand'route, près de l'auberge du
Cornet. Nous étions sur le talus, pauvres
crapauds de misère, avec la poussière des
sentiers sur nos loques. L'un tournait la

manivelle de sa vielle. L'autre offrait de
dire l'avenir. Jésus parut. Dans les vergers
de la ferme d'Hoogeland, il m'a semblé que
les oiseaux chantaient comme jamais je ne
l'avais ouï. Les gens passaient sur le chemin, allant à la fête. J'étais aveugle depuis
bien des années. Mais, à l'approche de
Jésus, mes paupières devinrent transpa-
rentes, d'un doux blanc d'argent. Et dès
qu'il eût touché ces misérables paupières,
aux bords rouges, de sa main qui sentait
l'encens — ah! mes frères! j'ai revu, derrière sa robe de lin, au-dessus de la foule,
dans la joie de la lumière pleuvant dans
mes prunelles, au milieu des drapeaux de
la kermesse, oui, j'ai revu les moulins à
vent tournant au ciel, et les prairies où ser-
pente la Lys! J'étais ivre comme si j'avais bu
toute l'atmosphère! Et les trésors que Dieu
a réunis pour les pauvres, dans l'écrin magnifique du firmament, enrichirent de nouveau mes prunelles! Je dansai de joie! La foule
s'était arrêtée. Et j'en vis d'autres qui avaient
jeté leurs béquilles et leurs bâtons, et le
linge taché des ulcères et qui sautaient au
grand jour de midi! Des papillons, mes

frères, qui venaient de secouer leur larve de
malheur ! Oh ! la sainte bénédiction !

Les rhétoriciens se prirent à rire et cla-
mèrent :

— Ah ! ah ! ah !

— Ce Jésus est un magicien !

— On le brûlera comme la sorcière de
Maldeghem !

— Non. Il sera crucifié !

— A la manière des esclaves ! Sur un
gibet infâme !

— Ce prétendu fils de Dieu ! Eh ! eh ! eh !
Il ne l'est pas plus que vous n'étiez aveugles ou paralytiques, troupeau de comé-
diens ! Quelques coups de bâton auraient
fait courir comme des lièvres les plus
boiteux d'entre vous et crier comme des
paons les plus muets !

Mais sous cette grêle d'ironie, qui venait
fouetter les fleurs nouvel écloses de sa foi,
le mendiant continua :

— Jésus viendra ici et ressuscitera la
fille de Jaïre !

— Ah ! ah ! ah ! ah !

— Jésus la ressuscitera ! Il vient de guérir
la belle-mère de saint Pierre.

— La belle-mère de saint Pierre! Ah!
ah! ah! ah!

— Quand, près la ferme d'Hoogeland,
Jésus eut ainsi semé autour de lui la santé
et la lumière, il s'en fut avec saint Pierre
et Jaïre, qui étaient venus à sa rencontre.
Ils se rendirent chez la belle-mère de
Pierre, qui souffrait de la fièvre, et la foule
les suivit. La pauvre femme reposait dans
une alcôve protégée par des rideaux
à carreaux rouges. Oh! la calme chaumine!

Des filets de pêcheur séchant à la porte.
Un rouet silencieux près de la cheminée.
Quelques fagots défaits dans l'âtre pétil-
laient sous une marmite où bouillait de la
guimauve. Jésus ne fit que toucher la
malade : elle se leva avec de grands gestes
de reconnaissance, et, ayant mis un bonnet
blanc et un jupon de drap rouge, ainsi
qu'en portent les pêcheuses de crevettes,
elle servit à ses visiteurs du fromage frais,
des radis et une canette de bière. Ils s'assi-
rent sur des tabourets de bois et mangèrent,
tandis que la vieille baissait un rideau de
jaune mousseline devant la fenêtre, ce qui

10

les fit baigner dans une chaude atmosphère
d'or.....

Mais les rhétoriciens colères ne laissèrent
pas achever ces poétiques récits, et ils
crièrent :

— Astucieux pîtres ! Vous êtes de fiers
politiciens !

Dans leurs chariots dételés, certains agitaient des lances, d'autres faisaient des
grimaces ; un d'entre eux, costumé en folie,
imitait les gestes du mendiant.

Ils clamaient aussi :

— Venez voir nos comédies et nos mystères ! Ils sont sincères et francs — dis-
trayants, avec de beaux costumes et des
femmes séduisantes ! Nous représenterons
a votre intention les sept péchés capitaux !
Vous y verrez le mensonge et l'orgueil !
Mais nous jouons la comédie sans prétendre
descendre de David !

— Et sans nous dire fils de Dieu !

— Il arrive toujours malheur à ces intri-
gants !

— La corde les attend !

—Allez au Calvaire compter leurs crânes
dont les vautours ont vidé les orbites.

Cependant on entendait au loin les sonneries de trompettes des gildes qui entraient dans la ville. Un vent léger faisait
flotter les oriflammes. Et la foule était
comme les vagues qui viennent casser leurs
houles ensoleillées entre les estacades. De
grands mouvements se dessinaient sous le
claquement des étendards.

Un Juif sortit de la foule, avec un visage
qui rappelait celui du bouc, et mettant son
doigt crochu sous le nez du mendiant qui
tout à l'heure avait si bien vanté la gloire
du Christ :

— On le tuera, ton Jésus! Les soudards
joueront ses hardes aux dés! Le peuple lui
crachera au visage! Les bourreaux rouges
feront saigner ses chairs! Et toi, on t'arra-
chera les yeux avec des tenailles!

Le peuple cria :

— Le juif! Le juif! Le juif!

— L'escamoteur de nos deniers!

— Il a griffes et bec de pie!

Un artisan frappa le sémite, qui s'enfuit
du côté des rhétoriciens :

— Protégez-moi, mes nobles seigneurs,
contre toute cette canaille!

Il y eut des rhétoriciens qui dégaînèrent, des ouvriers prirent des outils; Baës s'écria :

— Se disputer ainsi un jour de kermesse! Gare à mes vitres! gare à mes vitres!

Et la béguine, qui était au balcon de Jaïre, rentra précipitamment, sans fermer la fenêtre, en faisant des signes de croix.

Mais au couvent des Prémontrés on sonnait lentement à mort. Quand les cloches clament le décès d'une jeune fille, elles sont particulièrement navrantes. Toute la tristesse des printemps fanés voile leurs cœurs. C'est qu'elles aussi, peut-être, sont féminines et vierges, et comprennent la dolence des pauvres Ophélies cueillies par le destin dans les moissons du monde. Elles pleurent les couronnes de fleurs inachevées, les dentelles abandonnées par les mains pâlissantes, les amours inéclos, et elles sont mélancoliques comme des crépuscules au-dessus de jardins ravagés par un précoce orage d'avril.

*
* *

Alors Jésus arriva, tandis que se disputaient les rhétoriciens, les mendiants et le peuple.

Il était pareil aux pèlerins, vêtu d'une longue robe, avec une pèlerine semée d'écailles, et il s'appuyait sur un grand bâton au bout duquel pendait une gourde. Un chapeau de feutre rejeté de sa tête restait pendu sur son dos, et une lueur surnaturelle nimbait sa figure blanche à barbe dorée, douce et brillante comme une source de lumière.

Jaïre ouvrait le chemin à travers la foule, en fastueux costume oriental. Ce richissime bijoutier portait un turban de soie à aigrette de diamant, un veston rose, ceinturé de satin brodé d'or ; ses bottes en cuir mou étaient battues par un sabre courbe à garde d'ivoire.

Jésus leva sa main vers ceux qui se disputaient :

— Ne faites pas tout ce tapage ! La fille n'est pas morte : elle dort !

Et un grand silence régna soudain sur la Grand'Place d'Yperdamme. Et les pêcheurs qui étaient là se rappelèrent les rayons qui tombent du ciel baiser les carènes cahotées

de leurs barques et apaiser, à travers les
nues qui se désenténèbrent, les cohortes des
vagues casquées d'écume.

Jésus, parvenu à l'hôtel de Jaïre, monta
les degrés du perron, suivi de saint Pierre,
dont la vieille figure cuite au soleil et la
toge brune, tout usée, contrastaient avec
la tenue sémillante du vendeur de joyaux.

C'était dans un hôtel somptueux, dont
le corridor, aux murailles tapissées de fiers
tableaux de peintres d'élite et dallé de
marbre, paraissait l'avenue sonnante d'inti-
mité, avec son horloge à carillon, qui menait à quelque oasis cossu de bonheur.

Ils montèrent un escalier aux tentures
précieuses pénétrées d'aromates, et arri-
vèrent à la chambre d'Ephraïma.

Jaïre était désespéré ; il versait des
larmes et s'agenouillait à chaque marche
pour baiser les mains de Jésus.

Il clamait :

— O toi, Jésus, qui as rendu fraîche
comme une rose la femme lépreuse, qui as
rallumé d'une étincelle de ta puissance
les lanternes charnelles des aveugles som-
brées dans la nuit, toi qui fais danser des

rondes de joie aux boiteux et prodigues aux estropiés la souplesse des roseaux, Jésus, en ce jour de fête, pour lequel ton Père a allumé le lustre le plus resplendissant qu'il ait jamais fait vibrer au-dessus des forêts et des mers, Jésus, rends au fruit sans suc et refroidi de mes amours saintes et légitimes la chaleur qui le vêtait d'une jeunesse blonde. Ma fille est morte, mais viens et pose la main sur elle pour la ressusciter. O, fils de David ! à toi je sacrifie mes châsses ouvrées par les meilleurs orfèvres de Bruges, mes tapisseries où sont tissées en or les vies des saints martyrs, et mes colliers de cérémonie. Détache de leurs cadres mes toiles les plus magnifiques, emporte mes velours d'Utrecht et mes dentelles de Malines !

Mais Jésus, en pénétrant dans la chambre, répondit :

— Homme, qu'il soit fait seulement selon ta foi ! Mais garde tes richesses ou partage-les entre les pauvres. Car elles ne peuvent servir à gagner le ciel !

Les mendiants et les rhétoriciens s'étaient approchés du seuil de l'hôtel. Au loin, à

travers les rues, on tirait des pétards, et
venaient, avec le grand air bleu de la fenêtre ouverte, les musiques des carrousels,
qui tournaient là-bas, leurs verroteries or-
ganisant des tournois de lucioles au-dessus
des panaches de la foule endimanchée.

Et tous ces bruits montaient vers Ephraïma, dont la chevelure, encore mouillée des
sueurs pâles de l'agonie, jetait sur l'oreil-
ler comme une quenouillée défaite d'or déteint, autour de son visage de cire, aux yeux
clos. Elle était étendue les mains jointes,
pareille à une figure tombale, et sur la soie
blanche qui couvrait son corps mince, on
avait posé des buis et un crucifix de brillants. Elle était immobile dans le ramage
fleuri de ses rideaux de satin, et l'on eût
dit, qu'au son des cloches de mort et des
orchestres de la ducasse, sur ce lit merveilleux de jeune fille opulente, elle descendait
au milieu d'oiseaux le fleuve idéal qui
mène au paradis. Mais déjà ses mains
fluettes étaient glacées, ses yeux semblaient
des écrins fermés, et l'on pressentait sur ce
front, hier baigné d'aurore, comme la trace
hideuse d'un doigt qui condamnait ces

chairs bénignes et tendres à la flétrissure
des vers et aux hontes de la mort.

Des cierges brûlaient et un psaultier à
fermoirs d'argent posait sur la table au milieu de fioles. La béguine avait mis les
mains dans ses manchettes noires et elle
baissait les cils sous les ailes blanches de
sa coiffure.

Jésus marcha vers la morte.

Il posa la main sur le front d'Ephraïma,
et dans l'alcôve ce fut comme un réveil
d'alouettes. On eût dit que l'âme du printemps, évoquée par le geste mystique du
prophète, venait planer au-dessus de la fille
de Jaïre. Les ruisseaux taris, quand ils re-
prennent leur cours sur leur lit desséché,
descendent doucement de leur source en
murmurant des cantiques de fleur et de
ciel. Peu à peu les marguerites de leurs
bords s'émaillent à nouveau de fraîcheur,
les chardonnerets reviennent se désaltérer
à l'onde où se mirent les pervenches. Il y a
fête pour tous les riverains et dans les
prairies le ruisseau fait de nouveau vibrer
au jour les accords lumineux de ses reflets.
Ainsi dans son lit, qui parut enchanté,

s'éveilla Ephraïma. Son sang rose reprit
son cours dans ses veines et imprégna à
nouveau ses joues de teintes vivaces. Ses
mains raidies lentement se délièrent et se
tendirent vers Jésus comme si elles lui
eussent offert un lys de prière cueilli au
ciel. Son sein se souleva de nouveau. Alors
ses yeux s'ouvrirent. Et ils parurent éton-
nés. Et les prunelles étaient radieuses et
étranges. Ah! quand Jésus rendait aux
aveugles les trésors voilés par leurs paupières ténébreuses, ils ne ressuscitaient
qu'à la lumière. Ils avaient toujours conservé un cœur chaud dans leur poitrine et
entendu les rossignols de la terre. Mais le
corps d'Ephraïma s'était refroidi et sa peau
était devenue insensible aux baisers de l'air.
A quel spectacle était-elle soudain arra-
chée? Elle avait contemplé ce que voient
les ancêtres qui sommeillent sous les lames
de cuivre de la cathédrale, le mystère des
cercueils s'était ouvert pour elle. Elle rap-
portait dans son geste et son regard un
dernier reflet de l'au-delà des cieux, comme
la plus profonde étoile mirée dans un étang
de rêve. Et il y avait autour de son réveil

un peu de l'atmosphère, douce et blanche ainsi qu'un son d'orgue, et prêtée aux saints et aux martyrs quand ils descendent sur la terre.

Les cloches des morts avaient cessé leurs sanglots et tous les clochers d'Yperdamme s'étaient donné le mot mystérieux d'une sonnerie à volée folle et joyeuse. Les croix brillaient plus fort au faîte des églises. La procession débouchait sur la Grand'Place et les bannières planaient au-dessus des robes blanches des jeunes filles et semblaient de grands papillons sur des parterres épanouis, pénétrés d'été et buvant des rayons. Les échevins s'étaient assis au balcon de l'hôtel communal, en grand apparat. Des trompettes jetaient, de tous les côtés, à l'azur, la rouge fanfare de leurs cuivres sonnants. Tout chantait du bonheur.

Déjà la foule savait qu'Ephraïma avait ressuscité. Les mendiants entonnaient des hymnes. Les rhétoriciens, convaincus, agitaient leurs feutres à grandes plumes, et ils apportaient devant l'hôtel où s'était opéré le miracle des hottes de fleurs. Oui, il s'élevait, grandiose, un cantique dans tout

Yperdamme, un cantique à la vie, montant
vers le sublime globe de feu qui verse
leur liesse d'or aux espaces enchantés, et
fait des villes de grands joyaux étincelants à travers les pays. C'était lui, le symbole de la vie, et Jésus, devant la jeune fille
lentement rappelée aux joies roses et tendres de son existence, semblait être des-
cendue du soleil sur des sentiers de lumière.
Jaïre, les yeux rouges d'avoir pleuré, bai-
sait la robe du prophète, et la béguine à
genoux murmurait des litanies, tandis
que sous le fraternel regard du Christ,
Ephraïma, ayant reconquis la radieuse
splendeur de sa jeunesse, étonnée, ouvrait
les bras en une croix évangélique, vierge
signe de foi et de reconnaissance, sœur
de celles brillant au faîte des églises, et
comme elles magnifique dans la fête de vie
déchaînée en ce jour et arpégeant jusqu'aux
cieux éblouis les gammes triomphales de
sa gloire.

CONTES D'YPERDAMME

———

Achevé d'imprimer le
douze août mil huit
cent quatre-vingt onze,
par A. Lefèvre, pour
Paul Lacomblez,
éditeur à Bruxelles.

Paul LACOMBLEZ, Éditeur

31, *rue des Paroissiens*, 31.

BRUXELLES.

EXTRAIT DU CATALOGUE

COLLECTION IN-18 JÉSUS

Delattre (Louis). Contes de mon village . . . . . .fr. 3 »

Eekhoud (Georges). Les Fusillés de Malines 3 50

Jenart (Auguste). Le Barbare . . . . 2 »

Maeterlinck (Maurice). La Princesse Maleine (3ᵉ édition) 3 50

—   Les Aveugles (l'Intruse, les

Aveugles) . . . . 3 »

—   Serres chaudes . . . . . . 3 »

Van Lerberghe (Charles). Les Flaireurs . . . . . 1 »

SOUS PRESSE

Desombiaux (Maurice). Vers de l'espoir.

www.ingramcontent.com/pod-product-compliance
Lightning Source LLC
Chambersburg PA
CBHW051128260626
47170CB00005B/1714